本书编委会 编

山丹丹花开红艳艳

内蒙古脱贫攻坚行动纪实

远方出版社
内蒙古出版集团

图书在版编目（CIP）数据

山丹丹花开红艳艳：内蒙古脱贫攻坚行动纪实 / 本书编委会编 . -- 呼和浩特：远方出版社，2023.2
ISBN 978-7-5555-1889-1

Ⅰ . ①山… Ⅱ . ①本… Ⅲ . ①纪实文学－作品集－中国－当代 Ⅳ . ① I25

中国国家版本馆 CIP 数据核字 (2023) 第 022457 号

山丹丹花开红艳艳——内蒙古脱贫攻坚行动纪实
SHANDANDAN HUAKAI HONGYANYAN
NEIMENGGU TUOPIN GONGJIAN XINGDONG JISHI

编　　者　本书编委会
责任编辑　王 叶
装帧设计　韩 盖
出版发行　内蒙古出版集团　远方出版社
社　　址　呼和浩特市乌兰察布东路666号　邮编 010010
电　　话　（0471）2236473总编室　2236460发行部
经　　销　新华书店
印　　刷　三河市华东印刷有限公司
开　　本　787毫米×1092毫米　1/16
字　　数　158千
印　　张　11.25
版　　次　2023年2月第1版
印　　次　2024年1月第1次印刷
标准书号　ISBN 978-7-5555-1889-1
定　　价　75.00元

本书编委会

前 言

民族要复兴，乡村必振兴。脱贫攻坚战的全面胜利，标志着我们党在团结带领人民创造美好生活、实现共同富裕的道路上迈出了坚实的一大步。中共中央总书记、国家主席、中央军委主席习近平主持召开中央政治局常委会会议专题研究“三农”工作时发表重要讲话，他指出，乡村振兴的前提是巩固脱贫攻坚成果，要持续抓紧抓好，让脱贫群众生活更上一层楼。要持续推动同乡村振兴战略有机衔接，确保不发生规模性返贫，切实维护和巩固脱贫攻坚战的伟大成就。

内蒙古自治区是中国共产党领导建立的第一个民族自治区，在党中央的亲切关怀下，在党的坚强领导下，在党的民族政策光辉照耀下，全区各族人民同呼吸、共命运，和睦相处、守望相助，团结一致谋发展、齐心协力搞建设，创造了令人瞩目的辉煌成就。打赢脱贫攻坚战后，“三农”工作的重心历史性转移到全面推进乡村振兴，内蒙古自治区严格落实“四个不摘”要求，建立健全防返贫动态监测和帮扶机制，持续巩固脱贫攻坚成果，扎实推进有效衔接乡村振兴各项工作。街道干净整洁，生态环境优越，特色资源富集。一条条崭新的大道延伸至村民脚下，一幅幅产业兴、农民富、乡村美的画卷在内蒙古这片土地上，徐徐舒展开来。

坚决守住不发生规模性返贫底线

只有筑牢防返贫根基，才能有效推进乡村振兴。内蒙古自治区始终把防止返贫作为前提，完善监测和帮扶机制，抓好重点帮扶旗县倾斜支持和易地搬迁后续扶持，确保不发生规模性返贫，努力让脱贫群众生活更上一层楼。截至 2022 年底，全区 5.48 万易返贫致贫人口中已有 90.2% 消除了返贫致贫风险。有效展开对农村牧区低收入人口常态化帮扶，基本完成全区低收入人口数据库建设；对基本生活状况开展常态化监测和针对性帮扶，全区脱贫人口中有 39.8 万人纳入农村牧区低保，1.6 万人纳入特困救助；85 个旗县实施防贫保险，覆盖 101.9 万农村牧区人口，兜住防止返贫致贫底线。易地搬迁后续帮扶不断强化，投入 6.64 亿元，强化集中安置区教育、就业、产业发展和后续配套设施建设服务提升，确保搬迁脱贫群众有稳定的产业项目和就业岗位，更好更快实现社区融入。

兴安盟扎赉特旗位于内蒙古自治区东北部，处在大兴安岭南麓向松嫩平原延伸的过渡地带。这里曾是国家扶贫开发工作重点县之一，贫困发生率高达 42.4%。2019 年 4 月，扎赉特旗退出国家级贫困旗县序列；2020 年末，扎赉特旗现行标准下贫困人口全部脱贫，贫困发生率从建档立卡初期的 17.74% 降至 0。为巩固拓展脱贫攻坚成果及防止规模性返贫，扎赉特旗依托全国防返贫监测信息系统基础数据库，将现有数据整理推送至旗社会治理指挥服务管理平台互联网和大数据技术资源，建成了覆盖全旗的“防贫 10·17”监测帮扶模块和“扎赉特 e 家”手机 APP，有效防止了返贫和新的贫困发生。

加速提升脱贫地区整体发展水平

实施乡村振兴战略，必须着眼于更好保障国家粮食安全，突出提质导向，力促产业兴旺，加快农牧业强区建设。要严守耕地和草原红线，落实永久基本农田和基本草原保护制度，开展耕地质量、草原质量保护与提升行动，夯实农牧业生产能力基础。2021 年，自治区各地持续加大对脱贫地区产业帮扶力度，促进产业提档升级，带动脱贫群众增收。中央和自治区财政衔接资金的 50% 以上用于支持脱贫地区产业发展，全区新建和续建了一批农牧业、乡村旅游、电商、农畜产品加工等经营性产业，资产达到 251 亿元，使有劳动能力的脱贫户实现产业项目全覆盖，脱贫稳定性和可持续性不断提升。自治区全力拓展消费帮扶渠道，将没有京蒙协作任务的 5 个盟市全部纳入京蒙协作消费帮扶范围。全区认定帮扶产品 3290 款，实现销售 77.85 亿元，有力拉动了脱贫地区产业发展，促进了脱贫人口增收。

与此同时，自治区继续推进脱贫地区“四好农村路”，特别是产业路、旅游路和联网路建设。统筹推进脱贫地区县乡村三级物流体系建设，7875 个建制村实现快递进村，覆盖率达 71.16%。

呼和浩特市新城区保合少镇恼包村正是充分利用村庄毗邻国道和高速公路的独特区位优势与公路铁路运输叠加的物流优势，引进建设呼和浩特市城发（恼包）仓储物流，把物联网建在了家门口，做到了搭建平台、物畅其流。已进驻物流及快递企业 18 家，年货物吞吐量 1000 余万吨，为该村及周边村民解决就业岗位 3000 多个，成为村域经济振兴发展和多元产业结构中不可或缺的重要组成部分。

如今的恼包村以其独具特色的地域文化魅力、唯美的江南园林式风光，吸引了越来越多的海内外游客前来观光游览、休闲度假，在成为家喻户晓的“网红村”和旅游打卡地的同时，更是成为乡村振兴新发展理念实践地。

稳步推进乡村振兴战略落实落细

实施乡村振兴战略，必须深入践行以人民为中心的发展思想，突出抓重点、补短板、强弱项，着力提高农村牧区民生保障水平，让各族人民同步实现全面小康、共同享有现代化成果。自治区严格落实“四个不摘”要求，推动脱贫人口兜底救助类政策保持稳定，“三保障”和安全饮水等普惠性政策持续完善，产业就业等发展类政策不断优化。已在全区脱贫旗县中确定 10 个国家级和 5 个自治区级乡村振兴重点帮扶旗县，从财政、金融、土地等 14 个方面给予重点支持，投入 25 亿元衔接资金和京蒙协作资金，重点支持产业、就业、基础设施建设和公共服务水平提升。

2022 年数据显示，自治区推动内蒙古农畜产品进京销售 64 亿元，新增 78 家北京企业落地内蒙古，双方共建产业园区 49 个。帮助 7 万名农村牧区劳动力、3.3 万名脱贫人口实现区内外转移就业。继续统筹推进 29 家中央单位定点帮扶自治区 31 个脱贫旗县，直接投入帮扶资金 2.58 亿元，引进资金 6.82 亿元，实施帮扶项目 85 个，帮助结对地区销售农畜产品 5 亿元。

从脱贫攻坚到乡村振兴，自治区将全力跑好这场“接力赛”。随着乡村振兴战略的深入推进，我们亲眼见证一个个乡村开启了城乡融合发展和现代化建设新局面，那些与时间一同起舞的鲜活数据，扬起新时代前进的风帆。着眼未来，农业基础稳固，农村和谐稳定，农民安居乐业，乡村振兴新篇章已然在路上。

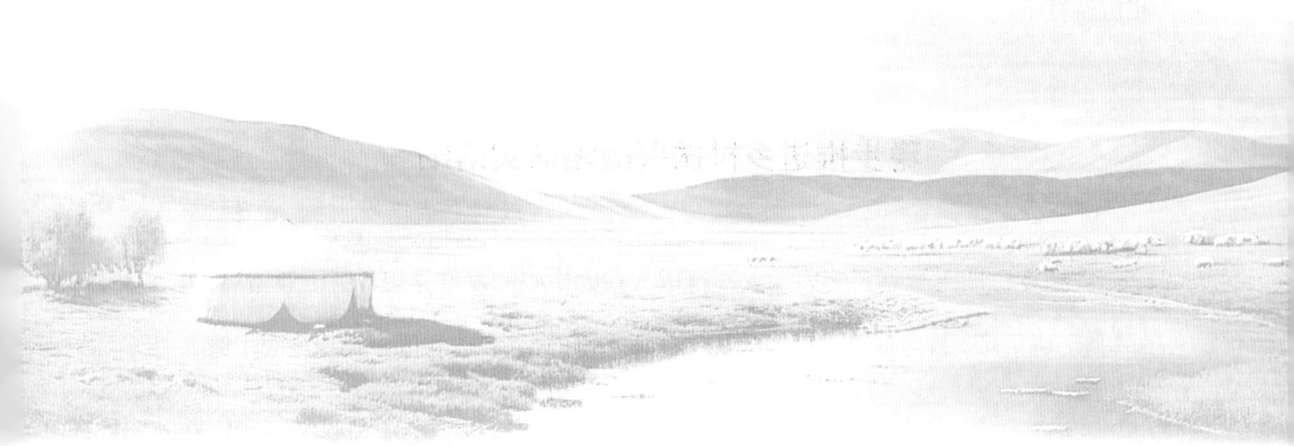

目　录

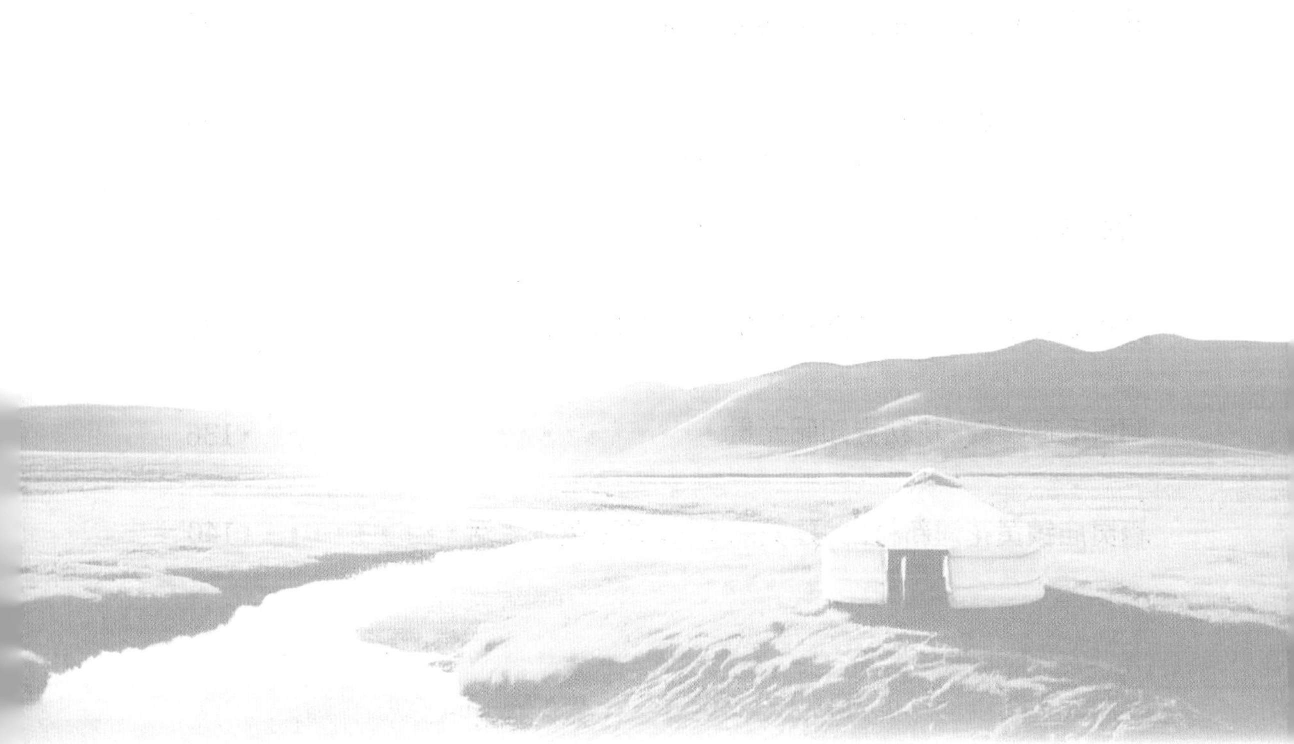

“小院”里的脱贫梦

——记协代苏木西毛都嘎查第一书记游南海

在通辽市科左中旗协代苏木西毛都嘎查，家家户户的“小菜园”“小果园”“小田园”正生机满溢，嘎查集体土地上的农作物郁郁葱葱，扶贫车间里的缝纫机嗒嗒作响，一片忙碌的景象。殊不知在“第一书记”游南海被派驻到这里之前，西毛都嘎查曾是一个村民贫困、经济落后、村集体收入为零的贫困村。

协代苏木西毛都嘎查第一书记游南海

游南海是科左中旗教育科技体育局的一名干部，2018 年 5 月被派驻到协代苏木西毛都嘎查任“第一书记”。到任后，游南海为了顺利开展脱贫攻坚工作，强化党建引领，提升服务能力，通过选举提拔工作能力强、务实肯干的“两委”班子成员，充分发挥党支部战斗堡垒和先锋模范作用，为嘎查的发展提供了坚实的基础。

新一届“两委”班子上任后不但扭转了班子不和、精力内耗、正常工作难以开展的被动局面，而且他们的魄力、干劲很快得到了老百姓的认可。

游南海考察村民庭院种植情况

西毛都嘎查受资源环境的制约，土地沙化严重，耕种面积非常少。面对这些，游南海决心利用农村老弱劳力的闲散时间，引导贫困户利用自家园子种植蔬菜水果，发展“庭院经济”。

2019 年 4 月，旗科技局与教育局合并，成立教育科技体育局，游南海主动与新组建的单位领导联系，得到局党组的大力支持。通过沟通协调，教育科技体育局为嘎查街巷绿化免费提供三年生柳树大苗 540 棵，为嘎查 78 户建档立卡贫困户，为农牧户免费提供果树苗 470 棵。2020 年，又为嘎查提供 1100 棵果树苗，每户 10 苗。西毛都嘎查通过“三个园”庭院建设使生态环境得到改善，同时通过种植的农作物实现户均节支增收，发展庭院经济，可谓一举多得。

要想大力发展养殖业，就要提高村民的养殖能力，为此游南海邀请通辽市畜牧改良站、畜牧研究所、旗农业技术推广中心的专家，每年给牧民进行养牛技术、青贮饲料加工、浅埋滴灌等技术培训，以增强贫困户内生动力，提高他们的科学养殖素质和生产技能，为实现可持续发展提供保

游南海向村民了解生活困难

障。同时将秸秆养牛作为该村扶贫的主导产业来抓，鼓励和帮助贫困户退耕，以种植青贮来发展养牛业。利用产业扶贫政策为贫困户购买基础母牛 68 头，新建棚舍 72 座、窖池 39 座，新增青贮饲料达 3000 多立方米，贫困户现已达到户均饲养基础母牛 5 头以上，全村养牛已达 1500 头，实现建档立卡贫困户年均养牛增收 2 万元，成为远近闻名秸秆养牛示范村。

嘎查贫困户韩梅荣家曾一贫如洗，没有稳定的收入。2018 年 6 月，在游书记的帮助下，她不仅领到两头大牛、一头小牛，还靠扶贫贷款的 3 万元开办了自家的养殖场。如今，韩梅荣家中已拥有 11 头牛，加之庭院经济助其增收 2000 元，一家人成功脱贫，过上了红火的小日子。

为了引导更多闲置劳动力实现就近务工就业，充分将蒙古族文化及草原文化元素融入手工艺品制作当中，打造出一批具有深厚文化底蕴和民族特色的手工艺品，实现“传承文化 + 脱贫致富”双赢，协代苏木投入 55 万元扶贫资金，在村民韩图雅开办的手工艺品小作坊的基础上成立了嘎嘎布贝扶贫车间。

游南海充分利用教科体局的协调能力，让工艺品布贝娃娃的生产制作走进校园，还派村民去校园开授手工课，教授学生制作民族手工艺品。这项扶贫产业在传承民族传统手工技艺的同时，帮助村民脱贫增收。截至 2019 年，已达到 60 万元的销售收入。

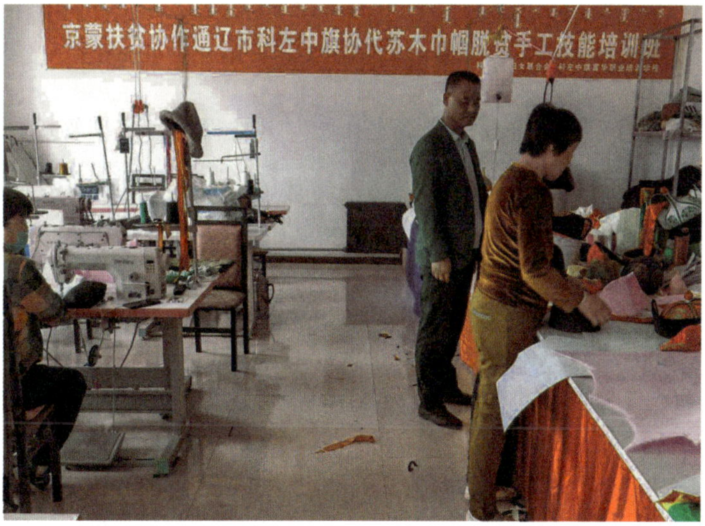

扶贫车间中正在工作的村民

虽然扶贫工作越到最后难度越大，但西毛都嘎查村集体经济收入由2018年零增长到2019年的8万元，年全村未脱贫户由2018年的34户82人，下降到2019年的2户3人，贫困发生率由2018年的10.6%下降到2019年的0.038%，确保了如期实现“户脱贫、村出列”的脱贫目标，为全面实现小康村建设打下了良好的基础。村民们每到收获时节，都会带上自家庭院种植的韭菜、黄瓜、茄子等蔬菜送给工作队，百姓生活乐和，就是对扶贫干部工作能力最好的肯定。

游南海所在的精准扶贫驻村工作队

游南海回忆起驻村工作队刚到协代苏木报到时，一位老领导问道：“你们要在西毛都驻村开展扶贫工作？”并在得到肯定回答后频频摇头。在大家看来，西毛都嘎查就是一块难啃的“硬骨头”。然而在“第一书记”游南海的带领下，驻村工作队充分发挥部门职能作用，两委班子细致开展扶贫工作，从产业发展到项目落实，从贫困户庭院种植到村屯环境整治，村集体经济实现递增，贫困户内生动力逐渐提升……难啃的“硬骨头”正在书写着自己的脱贫“变形记”。

玛奈的小康生活

——走进西乌珠穆沁旗

2020 年是全面建成小康社会的收官之年，是具有里程碑意义的一年。小康，不仅仅是物质世界的富有，也是精神世界的富足，是经济更加发展、民主更加健全、科教更加进步、文化更加繁荣、社会更加和谐、人民生活更加殷实、环境生态更加友好的全面小康。

2020 年 3 月 5 日，内蒙古自治区宣布所有贫困旗县脱贫摘帽。在这片大草原上，每天都发生着日新月异的变化。这一次，内蒙古画报社走进锡林郭勒盟西乌珠穆沁旗，带领大家深入锡林郭勒草原，看一看牧民玛奈的小康生活。

锡林郭勒草原

玛奈一家的新生活

“搬”出来的幸福生活

从赤峰市巴林右旗大板镇出发一路向东，途经幸福之路苏木，约行驶 40 分钟便会到达关乃英格嘎查四组新建的搬迁地。一排排白墙灰顶的砖瓦房依山傍水而建，新时代蒙古族村庄的崭新面貌和宁静和谐的幸福场景赫然出现在眼前。这里每家每户房屋宽敞明亮、水电暖齐全，还配备了砖砌小院和封闭式棚圈。已搬来的村民们说：“我们没有花一分钱，就住上了这样的好房子，生活方便多了。”

关乃英格嘎查搬迁后的砖瓦房

关乃英格嘎查曾是一个水草丰美的地方，然而 2009—2013 年的几场大洪水，给地处敖尔盖河和塔拉宝力格河交汇处的关乃英格嘎查四组造成了巨大的损失。部分房屋受损，近一半的土地流失，不仅给当地百姓带来了巨大安全隐患，同时也制约了嘎查的经济发展，在相当长的一段时期中，关乃英格嘎查成了幸福之路苏木的重点贫困嘎查。

早日搬离自然灾害频发地区，成为关乃英格嘎查四组百姓的迫切需求。早在2016年，当地百姓便向上级政府提出了搬迁的想法。

关乃英格嘎查曾经的房屋受损严重

在全区上下全面开展脱贫攻坚战之际，幸福之路苏木领导及扶贫干部为了让关乃英格嘎查早日脱贫，在耐心倾听百姓的心愿之后，针对导致贫困的主要原因，拿出了有效可行的搬迁计划。从2018年开始，幸福之路苏木政府对关乃英格嘎查四组实施整体搬迁项目。总投资2098万元，并在短短几个月内按照易地扶贫搬迁标准新建房屋4975平方米、封闭式大棚6000平方米，新砌院墙9500延长米，

为村民搬运饮用水的村委会主任（嘎查委员会主任）

村民们都住上了新房子

新修沙石路 5400 平方米，实现整体搬迁 75 户，共 232 口人。

实施易地扶贫搬迁不仅是为了满足群众的生存需要，也是为了嘎查的长期发展，为了让群众摆脱贫困，过上富裕的幸福生活。易地扶贫搬迁结束后，政府又出资拆除了旧址的房屋及院落，最大程度盘活空宅基地、路面等资源，为当地百姓复垦 1500 亩耕地。

居住有了安全保障，耕地又增加了，搬迁的百姓有了新奔头。

短短几年时间，关乃英格嘎查发生了翻天覆地的变化。这些变化凝聚着党和政府的关怀，凝聚着帮扶单位的真情，凝聚着战斗在脱贫攻坚一线各级干部的血汗。

丈夫贵兼济，岂独善一身

——记阿令朝村第一书记解良

“……丈夫贵兼济，岂独善一身。安得万里裘，盖裹周四垠。稳暖皆如我，天下无寒人。”这应该就是扶贫第一书记解良最好的内心写照。有解良这样干实事的书记，阿令朝村便再无“寒人”。

阿令朝村第一书记解良

2015年，解良主动申请下乡，被自治区党委党史研究室派驻到乌兰察布市察哈尔右翼中旗科布尔镇阿令朝村担任驻村干部，开展精准扶贫工作。阿令朝，蒙古语的意思是“小山梁”，这里由4个自然村组成。解良虽然从小在农村长大，但第一眼看到阿令朝村的样子时，还是彻底震惊了。村子土地贫瘠，仅有几棵老杨树，

看望贫困户

3511亩耕地中有一大半是旱地和坡地，水浇地只有980亩，当时的新农村建设还没有开展，村民居住的多是土黄色的老房子。村子赤贫如洗，集体账上没有一分钱，村里一半以上人口外出打工，常住户104户234人，其中建档立卡贫困户就有76户159人。霎时，沉重的担子压在了解良的肩头。

解良用2个月的时间走访调查，向每一户村民细细询问其家中的困难情况，从村民口中得知贫困的主要原因是村子土地多干旱，养殖的牲畜市场价格不稳定。解良认为，在这样的情况下，仅靠补助是无法真正实现脱贫的。他与村两委班子研究后决定根据阿令朝村的现状成立集体专业合作社，确定“精准扶贫+集体经济”的

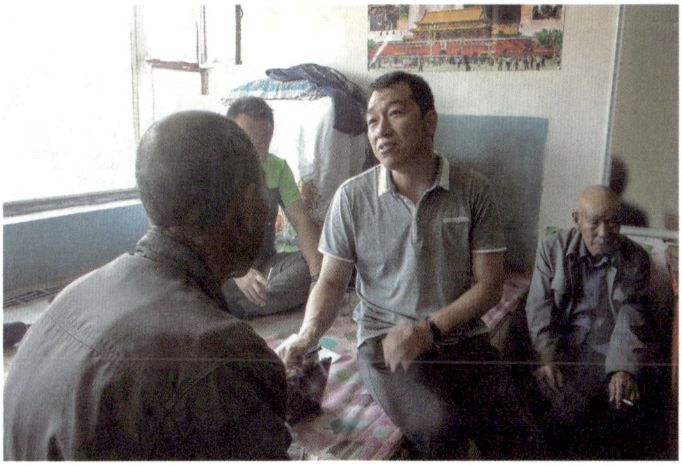
坐在炕头与村民交谈

发展方式（帮扶方式），利用发展产业可持续带动村民脱贫。

刚开始，扶贫工作开展得并不顺利。首先是村两委班子涣散，缺乏凝聚力和号召力。其次村民不信任这个新来的扶贫干部，对于村子的项目漠不关心。扶贫工作还未开展，就被这“两堵墙”挡得举步维艰。发展集体经济必须得到村两委班子支持，于是解良从自己做起，骑着一辆自行车挨家挨户了解情况，他的踏实肯干村干部们都看在眼里，逐渐开始配合他的工作。干事先赢民心，对于挡在施工队伍前的村民，解良和其他村干部苦口婆心地向他们解释集体经济的意义；对于生病行动困难的村民，解良就把医生叫到家里为其治疗；对家中有老人去世的特困户，解良自掏腰包帮他们安葬老人。

阿令朝村在解良的带领下建起了现代化养殖棚圈，发展肉驴养殖业，可还没等完成，解良的驻村期就满了。2016 年 5 月，解良回到原单位工作。阿令朝村的村干部和村民都认为，阿令朝村离不开解书记，大家更离不开解书记，于是大家联名写了请愿书，摁下 57 个红手印，请求解良留在阿令朝村。解良明白，这是村民们对他的信任，更是一种期望。重新回到阿令朝村后，他把肉驴养殖红红火火地办起来了，随后又开办了胡麻榨油加工厂和石磨面粉加工厂。

阿令朝村的肉驴养殖

2015 年底，羊肉价格骤跌，村子里的羊肉卖不出去，解良就向亲戚朋友、商场超市进行推销，他说想把阿令朝村打造成察右中旗的绿色有机名片。集

拿着新包装的产品，大家都笑开了花

体专业合作社生产出胡麻榨油和石磨面粉，他自费购买送给专家和朋友品尝，收集意见后再对产品进行加工改良，终于生产出满意的产品。之后解良又带着新产品到各地推销。2020年初，驴肉市场不景气，为了让驴肉增值，解良想到采用第三方代加工的办法，把驴肉做成熟肉，并推出了熟食产品带皮驴肉。如果有买生驴肉的，他们会将卤煮酱驴肉的配方附送给客户。

转眼几年过去了，在自治区党史研究室、乌兰察布市和察右中旗等各级组织的大力支持与解良的带领下，阿令朝村集体专业合作社发展得如火如荼。驴肉、羊肉、胡麻榨油、石磨面粉这些产品都设计了新包装，解书记还准备把它们推向更广阔的市场。

解良在活动上推荐阿令朝村的农副产品

阿令朝村集体专业合作社理事会

现在的阿令朝村已是旧貌换新颜，很多背井离乡外出打工的村民决定重新回到家乡创业，常住户增长为 131 户 269 人，其中除了 1 户 2 人因病返贫，其他村民均已成功脱贫。村子内水浇地已经增长到 1855 亩，目前仍然在改造中，改造后预计还会增加 700 亩。2019 年，村集体销售收入 39.7 万元，利润 13.97 万元。2020 年，合作社的生产设备改造升级，产品许可证注册成功后就可以用自己的商标进行生产销售，同时还可以展开线上线下同步销售。阿令朝村的村民终于不用再过那种仅能填饱肚子的生活，他们可以依靠自己的双手去创造美好明天，这应该就是解良留下来的理由。就像习近平总书记在决战决胜脱贫攻坚座谈会上讲的那样，“脱贫摘帽不是终点，而是新生活、新奋斗的起点”。

不忘初心跟党走，脱贫致富靠双手

——记吉布胡郎图苏木呼伦嘎查阿日布敦道尔吉带领贫困群众脱贫事迹

在脱贫攻坚工作中，除了第一书记、工作队、村两委班子，还有一些胸怀大志、默默奉献聪明才智的人，他们以创业的模式带领牧民脱贫致富，以满腔的热血建设家乡、开创美好生活。

阿日布敦道尔吉

阿日布敦道尔吉是呼伦贝尔市新巴尔虎左旗吉布胡郎图苏木呼伦嘎查牧民，他所在的嘎查为纯牧业嘎查。近年来，因传统畜牧业遭受冲击，嘎查经济发展进入了瓶颈期。牧民收入不稳定，作为嘎查党员中心户的阿日布敦道尔吉看在眼里，急在心里。

2013 年，阿日布敦道尔吉作为法人代表，联合 23 户牧民（其中 10 户为低收入家庭）成立呼日伊图育肥牛协会，通过引进育肥“三河牛”“西门塔尔牛”等优良品种，进一步改良本土牲畜，提高市场竞争力，为方便畜牧产品销售，采取“协会 + 企业 + 党员中心户”发展模式，不断探索创新。2016 年，阿日布敦道尔吉联合协会成员成立新巴尔虎左旗蒙羧源牧业有限公司，经营范围从土特产、饲草料、农畜牧产品收购，拓展到当地牲畜信息服务、牧业技术培训、牧业新技术推广等业务。

呼日伊图育肥牛协会成立至今发展态势良好，目前共有 600 余头肉牛、260 余只羊、40 余匹马；2017 年销售牲畜 12000 头（只），其中包括协会牲畜 2000 头（只），代嘎查牧民销售牲畜 10000 头（只）。2015 年新建 1000 平方米饲料库，高峰期可储存 100 吨饲草，2018 年建设 200 平方米加工车间，协会成员共承包草场达 8 万多亩（有草场证），每户每年可增加收入约 3 万元，顺利带动 5 户贫困户实现脱贫。

呼日伊图育肥牛协会推广业务

为寻求更有效的发展模式，阿日布敦道尔吉曾多次赴呼和浩特市、呼伦贝尔市等地参加合作社经营管理培训、网络电商培训，利用电商模式将牧区草原特产销售到网络上，推广到全国各地，拓宽了畜牧产品的销售渠道。此外，还与区内外各大饭店签订共计 10 吨羊羔肉卷供给合同。随后，为方便嘎查牧民能够熟悉应用电商平台，协会还投资建立了“牲畜互联网交

呼日伊图育肥牛协会会员分享经验

易平台”，以嘎查为单位，让牧民直接与东北大型牲畜交易市场进行交易，没有中间商赚取差价，提高了牧民的收入。

一直以来，精准脱贫都是脱贫工作的精髓，习近平总书记强调脱贫工作要“着力激发贫困人口内生动力，着力夯实贫困人口稳定脱贫基础”，所以只依靠扶贫干部的一腔热情和身体力行是远远不够的。贫困人口是脱贫攻坚的对象，更是脱贫致富的主体，贫困个体或者群体发自内心的脱贫愿望和自发动力直接决定脱贫攻坚的最终成效。

阿日布敦道尔吉作为呼伦嘎查创业致富的带头人，始终秉承着不忘初心跟党走的信念，用勤劳的双手和发展的眼光，采用先富带动后富的方式，成功带动当地贫困户实现脱贫、稳固增收，保障经济利益的同时也提高了嘎查牧民发展养殖业的积极性，有力地推进了吉布胡郎图苏木绿色畜牧产品的发展，优化了畜牧业结构，促进了畜牧业转型升级，引领牧民开辟了一条平稳致富之路。

乌拉特后旗绘就乡村振兴美丽画卷

阴山叠翠，溪水清澈，花海无际，绿树丛林中的村庄若隐若现……每年的春天，都是乌拉特后旗最明媚的时节。

乌拉特后旗辖内 6 个苏木镇，50 个行政村， 8743 户农牧户。山前有耕地 18 万亩，山后有天然草场 3650 万亩。近年来，乌拉特后旗大力推进乡村振兴建设，夯实乡村振兴基础，按照产业兴旺、生态宜居、乡风文明、治理有效、生活富裕的总要求，不断提升美丽乡村建设品位，坚持以“特色”和“绿色”为主线，着重抓好饮水安全、垃圾处理、污水处理、道路硬化、村庄绿化、厕所改造、环境美化等关键环节，改善农牧民生产生活条件。深入开展“文明村社”“干净人家”“美

绿茵茵的田野

丽庭院”等文明创建活动，大力倡导乡村文明新风尚。积极推动旅游建设，引导农牧民发展观光农牧业、乡村旅游等产业，不断拓宽发展思路，促进增收致富。

设施农业让乌后旗农民尝到致富甜头

通过这些年持续在促进产业发展、农民增收上下功夫，乌拉特后旗农牧民的生活条件发生了翻天覆地的变化，农牧民收入翻倍增长，村集体经济不断壮大，一个和谐、幸福、美丽、富饶的新乡村轮廓愈加清晰。

牧民经营牧家乐后收入翻一番

从科尔沁草原传来的致富故事

——记扎鲁特旗东萨拉嘎查党支部书记吴云波带领牧民脱贫致富事迹

吴云波参加全国两会接受记者采访

从传统养殖模式到合作社模式，再到建立养殖、育肥、屠宰、加工、分销及物流、品牌推广和食品生产的全产业链，他凭借一股干劲，带领东萨拉嘎查的牧民，奔跑在脱贫致富的追梦路上。他就是吴云波。

五月的北方乍暖还寒，当本刊记者一行三人从呼和浩特市出发一路向东，驱车1000多公里奔赴扎鲁特旗时，路上最担忧的是接受了蜂拥而至的众多媒体采访后，他是否能在千头万绪的工作之余抽出时间接受本刊采访？

然而当我们踏进位于鲁北镇内的玛拉沁艾力养牛合作社，从吴云波起身迎接我们的那一刻起，种种担忧瞬间烟消云散。吴云波淳朴、真诚、

玛拉沁艾力养牛合作社的晨会

平和，如果不是采访前搜集过很多有关他的资料，绝看不出他是一个荣誉加身、光环环绕的人。

想了解吴云波的脱贫致富经，就绕不开科尔沁黄牛，绕不开玛拉沁艾力养牛合作社。

通辽市扎鲁特旗被誉为“最美山地草原”，在这片得天独厚的山地草原，优越的自然环境，纯天然无污染的优质牧草和野生麻黄、防风干草、柴胡、赤芍、党参等200多种中草药滋养孕育出了享誉全国的知名品牌科尔沁黄牛。然而依靠科尔沁黄牛生活的扎鲁特旗东萨拉嘎查的牧民却因交通不便、规模不足、销路不好等多种原因，生活过得并不富裕。

科尔沁黄牛

2009年，吴云波当选为村主任，短短三年又被推选为党支部书记。从此，他便走上了带领大家致富的道路。

在东萨拉嘎查土生土长

吴云波在牧民家

的吴云波看出传统的养殖模式已经无法适应现代牧业的发展，便大胆地决定建立合作社，借助合作社的组织力量发展养牛产业。2013年，他在父亲多年辛勤打理的1300多亩林地上建了几万平方米的牛舍、仓库，还挖了水井，带着家里的108头牛率先加入合作社。看到吴云波的这份执着，207户牧民纷纷以投入耕地、科尔沁黄牛、现金等方式加入合作社，形成“党支部+合作社+牧户”的经营模式。

合作社成立后，村民既是工人，也是股民、合作伙伴。嘎查不少年轻劳动力和大学生开始在合作社就业。有的家庭有多余劳动力的，就在合作社的担保下贷款买牛，在合作社的技术帮扶下养殖，合作社负责回收。

通过集体和个人养殖，东萨拉嘎查的黄牛养殖有了一定的规模。但是想要快速发展不能依靠养殖。在认真探索与研究后，吴云波和玛拉沁艾力养牛合作社的理事会成员决定扩大规模。在他的带领下，饲草料基地、奶制品厂、餐饮公司和牛排店陆续建立起来，2016年还建立了通辽直营店、宁波销售处和合作社鲁北分社，同时做起了“互联网+”网络电商平台。

“一生只做最好的牛肉”是玛拉沁艾力养牛合作社一直以来秉承的服务理念。

他们坚持绿色养牛、科学育肥，以品质赢得消费者的青睐。为了增加效益，他们将牛肉按肌理分割成20多个部位，再将每个部位以500克为单位进行真空小包装，价格高出近一倍。经过不断创新，合作社集养殖、育肥、屠宰、加工、分销及物流、品牌推广和食品生产于一体，产品销售到长春、北京、上海、南京、宁波等地。

到2018年底，玛拉沁艾力合作社纯利润达1050万元，总资产由最早的550万元增长到4300万元，年实现分红5次，累计620万元，全嘎查人均年收入达到1.58万元。合作社成立5年来，理事会成员没有一人掉队，1000名股民没有一个退股。

在产业发展过程中，吴云波最关心的是乡村振兴和精准扶贫工作。他注重扶贫人口发展能力，以贫困类型、贫困人口数量、农牧民人均收入等为依据，积极开展产业扶贫、委托扶贫、直接帮扶、劳动力就业扶贫和合作社帮扶。通过这些扶贫措施，77个贫困户和周边嘎查村22个贫困户长期稳定脱贫，68名农牧民通过产业链实现就地转移就业，其中6名困难户还得到了建房款资助，18名家庭条件困难的大学生和5名入伍青年获得资金帮助。在玛拉沁艾力养牛基地工作的乌力吉牧仁就是被资助过的大学生。他毕业后，选择回到家乡，在玛拉沁艾力养牛合作社工作。他说："吴书记是一位站得高、看得远的带头人，在他的身边工作会学到很多东西……"

吴云波慰问贫困群众

随着玛拉沁

艾力养牛合作社的发展，许许多多的优秀人才聚集在此。在他们的带领下，牧民的思想与素质也在发生着巨大变化。可以说，吴云波给牧民带来的不仅仅是物质生活水平的提高，更是精神层面的一次转变。

合作社的工作、嘎查的诸多事务让吴云波时常风尘仆仆、废寝忘食。有人说，坐着车奔波的时间就是吴书记休息的时光。

正因为有了“舍小家，为大家”的团队，合作社才有了今天的规模，成为一种可复制的发展模式。他们先后获得全国就业扶贫示范基地、自治区民族团结进步模范单位、自治区专家服务基层试点等荣誉称号。吴云波被授予2017年度全国脱贫攻坚奋进奖，成为内蒙古自治区第一个获此殊荣的基层党员干部。

2018年，吴云波当选为第十三届全国人大代表，他带着科尔沁草原人民的心声首次参加全国两会。两会期间，他提交了将肉牛保险纳入国家农业政策性保险范围的建议。从北京回到草原吴云波有了更大的信心和动力，他以习近平总书记

从北京回到嘎查的吴云波

为牧民传达第十三届全国人大二次会议精神汇报

指明的方向，描绘未来的蓝图。

吴云波说：“未来我将以种草合作社、种药材合作社、养殖合作社形成一个产业群体，发展旅游观光、产业观光、基层党员教育基地、农牧民教育基地等项目，坚持走绿色发展道路。”

记者从吴云波身上感受到了朴实、细腻和有远见的新时代、新牧区党支书的思维，更深切体会到了吴云波敢闯敢拼的这股“牛”劲儿。

巴尔虎牧民身边的好书记

——记新巴尔虎左旗阿木古郎镇巴音宝力高嘎查第一书记陈九龙

巴音宝力高嘎查第一书记陈九龙

在采访九龙书记时，他说得最多且最诚恳的一句话就是“作为党员，要有一颗赤诚之心，做人要有一颗善良的心”。与他接触的两天当中，看到他与牧民无距离感的谈笑风生、遇见牧民的孩子时流露出的亲切、与嘎查两委精诚合作发展集体经济后的成果，他那两颗最美的“心”在我们的心里得到了印证。

2015年，陈九龙从新巴尔虎左旗卫生健康综合行政执法局被派往巴音宝力高嘎查担任第一书记。从局长到书记的身份转变使他肩上多了一份责任，同时也让他拥有了一段绽放异彩的人生经历。

巴音宝力高嘎查位于阿木古郎镇东南部，这里的牧民世代以畜牧为生，分散居住在草原深处。陈九龙到这儿后开展的第一项工作，是走遍草原的每一个角落，深入走访牧户，了解牧户生活、生产、收支等情况，从而准确确认建档立卡贫困户。认真、仔细，坚持不漏掉一个贫困户，是他走访入户的准则，因为他们的每一个发现和确认都会给贫困家庭带来新的转变和希望。

德力格尔一家是九龙书记在2017年走访时识别的贫困家庭。那时他们一家三代人居住在十多平米的单薄的蒙古包里。德力格尔和妻子靠打零工为生，因收入微薄，生活非常艰难。九龙书记在了解过程中，还发现他们的一对3岁的双胞胎儿子走路没有平衡力。问及原因时他们都不清楚，只说可能是缺钙。看到他们一家生活拮据，甚至没有钱为孩子去做诊断，九龙书记立刻将他们纳入了建档立卡贫困户。之后在嘎查两委和驻村工作队的帮助下，德力格尔夫妇带两个孩子到哈尔滨市儿童医院就诊，结果两个孩子被诊断为双髋关节脱位。由于双髋关节脱位手术费用较高，九龙书记又与旗卫健委、旗民政局、红十字协会沟通联系，为他们筹集医疗费用。

不久，两个孩子在鄂尔多斯市准格尔旗中心医院进行了髋关节复位手术。在

陈九龙走访德力格尔一家

九龙书记的多次请求下，准格尔旗中心医院为他们减免手术费、住院费及专家费近5万元。在社会各界的帮助下，两个孩子得到了及时治疗，实现了行走自如。九龙书记的细心帮助给这个贫困家庭带来了前所未有的温暖，两个孩子见到九龙书记就如见到亲人一般，总会高兴的说："九龙来了"！

孩子的病得到治疗后，九龙书记对德力格尔夫妇说："不能把自己的贫困推到孩子身上，旗里虽然为你们一家解决了保障性住房，但你们还需要靠自己的双手争取幸福生活。"记者从德力格夫妇笑容满面的样子里，看到了十足的干劲和对未来的信心。

九龙书记帮扶双胞胎家庭的事迹在巴尔虎草原家喻户晓。然而让九龙书记挂念的，除了德力格尔一家，还有色勒门、额尔顿础鲁、银山、乌仁青格乐等贫困家庭。

巴尔虎草原美景

他们都曾在九龙书记的帮扶下度过生活最艰难的时刻，如今重振旗鼓，用自己的双手创造着美好未来。“扶贫先扶志”，九龙书记做到了这一点。

在九龙书记的扶贫工作中，另一项重要工作就是发展巴音宝力高嘎查的集体经济。

2016 年，旗扶贫办为嘎查发放“三到村三到户”项目资金 31 万元。2017 年，市级扶贫帮扶单位海拉尔海关为嘎查申请并发放市本级财政发展项目资金 55 万元。陈九龙与嘎查两委和驻村工作队商议后，用这两项资金购买了 86 头基础母牛，以“苏日和”的经营模式，投放到 10 家牧户作为生产资本进行运作。嘎查每头牛每年获取资产收益 1400 元。

集体经济带来的收益金用于建档立卡正常脱贫户分红和更新基础母牛。集体

巴音宝力格嘎查两委班子与驻村工作队

经济不仅使很多牧民家庭过上了富足的生活，还帮助部分家庭度过了返贫危机。

从帮扶贫困家庭到发展集体经济，九龙书记投入了全部的精力。整个采访下来，记者深深体会到了他对工作的热情，也感受到了他的两颗“心”是那样的坚定，那样的触动人心。在这片美丽的巴尔虎草原上，他无数次的行走、无数次的奔忙，使这里的脱贫攻坚工作基础更加稳固，成果更加显著。

心怀脱贫梦，最美驻村人

——记和林格尔县新店子镇新店子村驻村工作队队长石斌

推开一扇单薄的木门，一间陈设简单的办公室映入眼帘，屋里还透着夜里残留下来的寒意。被新店子镇村民称为“最美第一书记”的驻村扶贫干部石斌，正坐在办公桌前忙碌地工作着。石斌是呼和浩特市中级人民法院研究室的一名普通党员干部，从 2015 年开始受单位委派做驻村扶贫工作。军人出身的他，不仅能吃苦，还天生一副热心肠，时刻把老百姓的事儿放在心坎上。

驻村扶贫干部石斌

2018 年 3 月，按照市委组织部统一安排，石斌被呼和浩特市中级人民法院选派到和林格尔县新店子村担任驻村工作队队长兼驻村第一书记。

开始驻村工作后，石斌首先要解决的就是吃饭问题。石斌是回族，而村里完全不具备回族的饮食条件，每日三餐成为他驻村工作中的最大困难。脱贫攻坚时间紧、任务重，所以从家里自带的面包、饼干、方便面便常常出现在他的餐桌上，他有时甚至顾不上吃饭休息就又投入紧张的工作中。

石斌一有空儿就来幸福院跟这里的老人们拉家常

这时候，组织上的信任，院领导的支持、帮助与群众的真情实感成了石斌工作的最大动力。他深知，只有带着真挚的情感和强烈的责任心，才能赢得贫困户的信任，才能摸准实情，才能实现“精准”脱贫。

驻村以来，石斌本着有耐心、勤走访、零距离的工作原则，心里时刻想着贫困户，总是千方百计向单位汇报、向社会募捐、向上级争取。通过他的努力，队

贫困户张大娘在对口帮扶单位的帮助下，成功完成心脏手术，见到扶贫干部像见到了亲人一样

里开展了“关爱孤寡老人、残疾人和贫困家庭”的驻村帮扶活动。虽然通过几次活动不能解决贫困群众的根本困难，但这些承载着石斌对贫困户的牵挂与关心 。此外，他还深入了解因学致贫的贫困户信息，因为他深知，培养一名学生，就有可能带动一户贫困家庭脱贫，斩断贫困代际传递。为此石斌又积极组织开展一系列助学帮扶活动，用自己这座“桥梁”，联结帮扶单位、帮扶干部、社会企业、公益团体等社会力量、驻村工作队员与贫困户的感情，赢得了群众的充分信任与一致认可。

经常奔波于自然村之间，走访贫困户是开展扶贫工作的重要内容

作为一名驻村帮扶干部，石斌用实际行动诠释了新时代驻村扶贫工作队员的担当、务实和坚守，他以“不放松、不停顿、不懈怠”的精神，与当地干部群众一道，靠辛勤劳动书写新时代巩固拓展脱贫攻坚成果同乡村振兴有效衔接的精彩篇章。

眼下，北方进入了寒冷的冬天，石斌又带领工作队队员不顾严寒踏上了入户走访的道路……

风雨无阻，打通健康扶贫“最后一公里”

——记乡村医生李永平

在四子王旗东八号乡、忽鸡图乡一带，许多人都知道那个穿梭在乡村之间，走家串户，上门为百姓开展医疗服务的乡村医生李永平。据说他行医的十多年间，在这坑洼不平的乡间路上已经开坏了 4 辆轿车，背坏了 5 个药箱。

乡村医生李永平

为了了解这位不顾条件艰苦，依然坚守奋战在基层医疗战线上的李医生，2019 年 3 月，内蒙古画报社记者来到了四子王旗。

那天天公不作美，时而晴朗，时而雪花纷飞，也许这样的天气更能让我们体会乡村医生的真实生活。

李永平医生到达活福滩卫生院

在广袤的四子王旗有很多像东八号乡、忽鸡图乡这样的村子，那里的人口居住零散，由于年轻人进城务工，留下的大多是贫困的空巢老人。因此，解决老弱病残贫困人口的脱贫问题成为四子王旗政府脱贫攻坚的重点任务。为了深入推进精准扶贫工作，切实将健康扶贫落到实处，四子王旗政府在医疗扶贫工作方面推进“三个一批”分类救治政策、一站式服务、慢性病送医送药、提高报销比例等健康扶贫工作，解决了贫困地区老人出行难、看病难、付费难等多种困难。

随着健康扶贫政策开始实施，当时还在东八号乡西河子医院担任院长的李永平为了全身心投入业务工作中，毅然辞去院长职务，来到忽鸡图乡活福滩医院，以一名普通医生的身份加入医疗服务者的行列，从此成为农村健康防线上的守

李医生为薛大娘量血压

护者。

清晨，李医生修完轮胎后，带我们来到了活福滩医院。活福滩医院是忽鸡图乡乡级医院。医院内除了几名坐诊医生，其他医生会在66个自然村之间流动开展上门服务。李医生在医院准备好带给村民们的药品之后，开始了他下乡上门服务的一天。

薛大娘是在前一天因高血压导致头晕给卫生院打电话的患者。李医生再次来到她家为她输液并查看治愈情况。薛大娘一家住在破旧的老屋里，李医生告诉我们，薛大娘家已经盖好了新房，因为还没盖好羊圈，暂时还没搬迁。

盘坐在炕头的薛大娘在记者面前显得有些拘束。李医生说要是在平常的日子，他进门薛大娘第一句就会说："小李子，吃饭了吗？给你做点儿。"为了让大家轻松点，李医生一边唠着家常，一边给大娘把脉、输液，并一再嘱咐她按时吃药。

从薛大娘家出来，李医生打算去笔架山的另一个村子。那里的村子因山势而居，道路崎岖复杂，他开着车时而行驶在陡峭的山路上，时而行驶在狭窄的河槽

开车去乡下健康扶贫的路上

中央。有些山路宽度仅能容纳一辆车，旁边便是很深的山沟。李医生打趣地讲道：“有的路段下坡路很陡，而且山下就是村民家，如果车子刹车失灵就会闯进村民家，直接到炕上。”虽然路况复杂，但我们仍能感受到他游刃有余的驾驶技术——只有在这条路上走过很多次的人才能做到这一点。

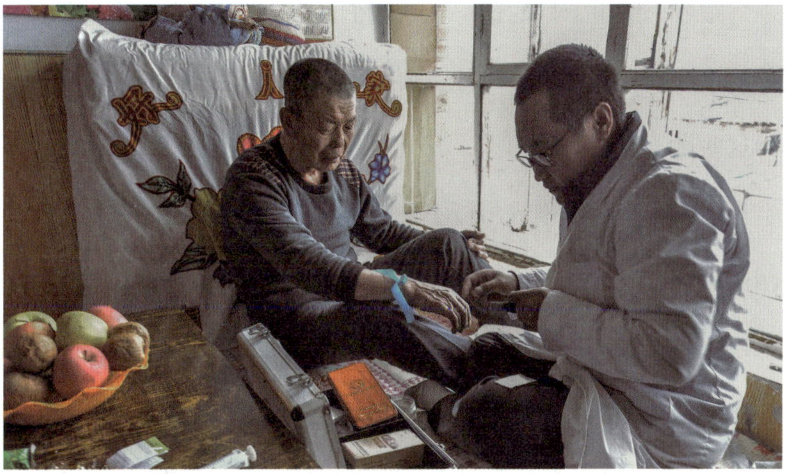
李医生为老人输液

李医生熟知路况，更熟知村民的情况。医院为了更好地服务百姓，开始为贫困百姓建档立卡，之后哪个村民有什么慢性病、在哪里居住，李医生都一清二楚。他说，在医院坐诊时有时村民进来，他不看其面，凭借脚步声就能判断是谁来了。

在村民岳兰英家，李医生为她的父亲做了一些诊治。趁李医生为老人输液之余，热情好客的岳兰英一边张罗一些干果，一边告诉记者：“现在的医生都是一叫就来，不管刮风还是下雨，而且药费都能按政策报销，病情严重时还会为我们转诊。这对于我们这些出行不便的村民来说，实在是太方便了。”

从岳兰英家出来时，他们嘱咐李医生：“雪天路不好走，实在不行就返回来吧。”我们问李医生在路不好走的情况下会不会下乡出诊，他说：“病人在家里着急地等着，我们怎能不去？遇到下雪或下雨路不好走时，我就会放下车，走着过去。”

紧接着，李医生又开车到了另一个村落的村民家。李医生就是这样，日复一日履行着一名医生的职责。

跟着李医生下村的这一天，我们注意到他除了把脉、问诊、配药、扎针等必要的诊疗动作，每到一户他都要脱一次鞋、上一次炕、栓一次药瓶。也许正是因为这些微不足道的小动作，才进一步拉近了他和村民之间的距离。活福滩一带的空巢老人因行动困难或出行不便，经常会让李医生捎一些蔬菜、米、面、油等生活用品，有时也会搭他的顺风车进旗里，他们之间相处得就像亲人一般。有位老人还由衷地说道："李医生比我们的孩子还孝顺。"村民们在最需要帮助的时候首先想到的是李医生，而李医生也一定会及时赶来。身边有了这样知冷知热的人，这些空巢老人不再感到无助，也不再恐惧病魔的到来。

每天下午 6 点钟左右，李医生才会驱车返回四子王旗。在采访的过程中，这里的一切都让我们感到新奇，看到小猫、小狗、小羊，都觉得欣喜不已。然而，对于新时代的年轻人，如若日复一日、年复一年地在这种环境中生活，也难免感到枯燥无味。带着这个问题让李医生谈谈感想时，他说他喜欢农村，更喜欢自己的职业。为百姓看病治病让他觉得快乐且充实，唯一的愧疚是留给家人的时间实在是太少了。

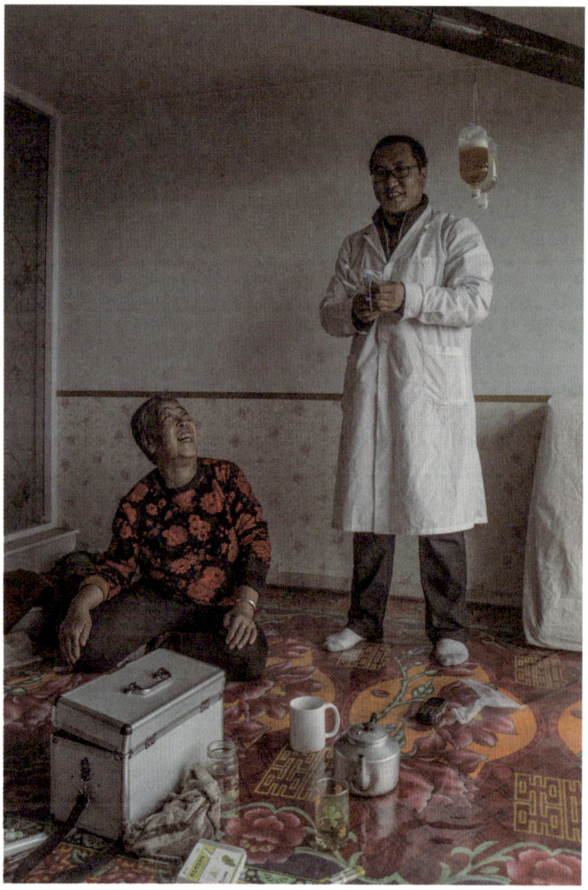
李医生与村民就像家人一般亲近

李永平在乡村的道路上为了村民的健康付出了大量心

在风雪中背着药箱离开的背影

血，他将本该给予家人的陪伴和关心都奉献给了乡村孤独的老人。李医生是许多乡村医生的缩影，他们仁心仁德，坚守职责，正因为有了像他们这样愿意将自己的大半生奉献在农村一线的人，国家对农村实施的精准扶贫政策才会有的放矢，乡村才会更加明亮，更加温暖。

古里乡：新时代的美丽新乡村

在呼伦贝尔市鄂伦春自治旗多布库尔河畔、伊勒呼里山脚下，坐落着一个少数民族聚集的乡镇——古里乡。这里自然风光秀美，民族风情浓郁，是鄂伦春族人的美好家园。

新时代的美丽新乡村

古里乡地处鄂伦春自治旗东南部，东与黑龙江省嫩江县隔江相望，南与莫力达瓦达斡尔族自治旗相邻，西与大杨树镇毗邻，北与黑龙江省呼玛县接壤。古里地区原先为鄂伦春族定居、狩猎区域，1983 年 5 月设古里乡，下辖 1 个社区（兴盛社区）、2个行政村（猎民村、兴牧村）。古里乡作为鄂伦春自治旗五个猎区乡镇之一，聚集着汉族、鄂伦春族、达斡尔族、鄂温克族、蒙古族、满族等多个民族。

古里乡根据自然环境和文化优势，确立了民俗文化兴村、特色农牧业富村的发展思路，大力发展生态农牧业、民族手工艺制作、民族民间艺术团、民俗旅游等，打造出带农富农、建设美丽休闲乡村的可持续发展模式。此外，古里乡还开展了乡村旅游，使游客能够更直观地感受到鄂伦春人最真实的生产生活情况，体验猎

少数民族民间艺术团

村生活的乐趣，欣赏传统的民族歌舞，感受淳朴的人文风情。

初夏时节，绿色笼罩着古里乡，肥沃的农田绵延四方。近年来，古里乡加快发展乡村产业，稳步推进玉米、大豆、马铃薯等农作物提质增效，因地制宜发展

农业机械化全覆盖解放了农民的双手

中草药等特色优势种植业。农忙时节，耕地上也空无一人，农业机械化全覆盖解放了农民的双手，古里乡的农牧业现代化、产业化、规模化水平都已进一步提升。牛、羊、猪等畜牧养殖业逐渐规范化、生态化，村集体经济持续壮大。2020 年，全乡集体资产总值 2363 万元，其中兴牧村 1112 万元，年收入 34.5 万元；猎民村 1251 万元，年收入 197 万元。

1961年，多布库尔（朝阳）猎民村鄂伦春族妇女素琴手握画笔，正在桦皮盒上绘着美丽的图案

原始的生活方式和环境赋予了鄂伦春族人很多生活上的灵感。他们擅长刺绣和手工艺，图纹也大都采自于大自然，用云朵、树纹、鹿角等形状装饰的独特的服饰和工艺品，使得鄂伦春族风俗在中华民族文化之林独树一帜。长期以来，古里乡十分重视少数民族传统文化的传承和发展，猎民

村中的鄂伦春民族文化传承基地记载了鄂伦春族发展历程中的文化变迁。古里乡建立的兽皮、桦树皮、剪纸工艺人才库，共有非物质文化遗产传承人 7 人，其他手工艺制作人 27 人。古里乡运用“政府引导 + 技艺培训 + 线上销售”的模式优化产业，努力将民族文化产业打造成古里乡的支柱产业之一，利用独特的传统文化与传统技艺，深入挖掘鄂伦春民族服饰和狍皮、桦树皮、剪纸制作的产品开发，将手工艺品深加工，开发文创衍生品，实现手工艺品向文化商品转化的突破，不仅完成了文化输出，也增加了农猎民收入。

“高高的兴安岭一片大森林，森林里住着勇敢的鄂伦春，一呀一匹烈马，一呀一杆枪……”这首民谣中极具画面感的歌词，讲述了鄂伦春族往日的生活方式。为了传承古老的文化，猎人的子孙们用一种崭新的方式保留着祖辈们的生活印记。由鄂伦春族青年自发组建的莫日根艺术团，主要展示鄂伦春的歌舞、服饰和民俗，曾多次在全国各地演出，在传承文化的同时，凝聚了人心，也让人们找到了文化自信。

莫日根艺术团

呼伦贝尔市鄂伦春自治旗多布库尔河畔

在党和政府的光辉照耀下，勤劳勇敢、崇尚自然的古里乡人民努力奋斗，创造着美好新生活。古里乡政府不断改善民生，壮大文化产业，正努力打造一个经济稳步发展、民族文化繁荣、社会和谐稳定、生态环境宜人、人民安居乐业的“宜居古里”。不断壮大的村集体经济，持续改善的居住环境，全面完善的便民服务，进一步提升了群众幸福感，为古里乡的乡村振兴打下了坚实基础。

用心用情为脱贫路添动力

——记新巴尔虎左旗财政局帮扶事迹

2018 年，脱贫攻坚的号角响彻新巴尔虎左旗，按时打赢这场输不起的脱贫攻坚战，既是命令，也是职责。受旗委组织部、旗财政局的委派，吉日木图、白晓华、巴图进驻查干诺尔嘎查。

吉日木图、白晓华、巴图进驻查干诺尔嘎查

旗财政局是查干诺尔嘎查的帮扶单位，局党组针对嘎查贫困家庭实际情况，制定精准脱贫规划，采取切实有效的帮扶措施，并确定局长、嘎查第一书记、驻村工作队队长为帮扶责任人，为旗财政局开展精准帮扶工作奠定了扎实的基础。在查干诺尔嘎查待久了，这里便成了他们的“第二故乡”。

占柱家中共 4 口人，家庭经济来源主要依靠饲养牲畜和打工，致贫的主要原

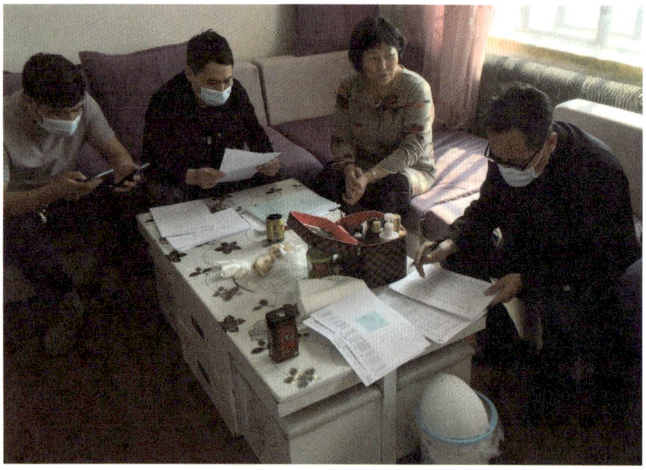

驻村工作队队员和苏木帮扶领导走访查干诺尔建档立卡贫困户

因是供两个孩子读书，经济负担重，微薄的收入不足以支撑整个家庭的开销。2014 年，占柱被识别为建档立卡贫困户。通过国家扶贫政策、项目支持和自身努力，2015 年占柱根据国家政策已正常脱贫，可继续享受扶贫政策。2017 年 11 月，占柱被识别为稳定脱贫户。

包桂兰独自生活，主要经济来源为出售饲养牲畜，加上为牲畜交易双方提供中介服务的收入，总体下来包桂兰家每年收入 24425 元。2014 年，包桂兰被识别为建档立卡贫困户。近几年通过国家扶贫政策、项目支持和自身努力，2015 年包桂兰根据国家政策已正常脱贫，可继续享受扶贫政策。2017 年 11 月，包桂兰被识别为稳定脱贫户。

在帮扶中，工作队深深明白扶贫不应仅是送钱、送粮、送项目这么简单，应该让嘎查自身得以发展，能自谋出路，实现从“想致富”到“能致富”的转变。在巩固和完善基础设施建设的同时，2020 年就嘎查境内 3000 余亩水

驻村工作队队员入户发放脱贫攻坚宣传资料

面与第三方签订租赁协议，增加嘎查集体经济收入，拟建设建筑面积530平方米以上冷藏库及附属设施（远期预留净地5000平方米），为嘎查生态渔业发展提供冷藏、管理、加工、信息服务，推进产业规模化发展。经与企业协调，收回入股本金25万元，分红2.5万元，并已将本金（扶贫资金）25万元返还旗扶贫办。为嘎查10户牧民解决3年期低利息惠农贷事宜，申请金额235万元。协助嘎查解决历史遗留问题，收回资金6.5万元。新巴尔虎左旗财政局通过促进牧区经济平稳增长，推动畜牧业持续发展，切实保障和改善民生、严格落实各类民生支出，推动绿色生态建设、严格落实草原生态保护奖补政策以及各项强牧惠牧政策，不但有效落实了脱贫攻坚政策，而且为脱贫攻坚道路增添了源源不断的动力。

旗财政局落实精准扶贫工作部署

新巴尔虎左旗财政局以强烈的政治自觉和担当精神，带着深厚的感情参与脱贫攻坚工作，认真落实精准扶贫工作部署，凝心聚力，强化担当，为新巴尔虎左旗脱贫攻坚工作顺利收官提供了坚实的后盾力量。

“议”出来的幸福路

——记通辽市扎鲁特旗“议贫会”

2014年8月1日，国务院决定从2014年起，将每年10月17日设立为“扶贫日”。

设立“扶贫日”，充分体现了党中央、国务院对于扶贫开发的高度重视以及对于贫困地区和贫困群众的格外关心，因此设立“扶贫日”是继续向贫困宣战的一个重要的举措，也是广泛动员社会各方面力量参与扶贫开发的一项重要的制度安排。

2019年4月25日，由国务院扶贫办与人民日报社指导，人民网、《中国扶贫》杂志社主办的“大国攻坚·聚力扶贫——第二届中国优秀扶贫案例报

五家子嘎查的“议贫会”

告会”在北京召开。由内蒙古自治区通辽市扎鲁特旗报送的《扎鲁特旗探索创新“议贫会”群众工作机制助力脱贫攻坚》典型案例，荣获第二届中国优秀扶贫案例。10 月 16 日，以“分享减贫实践，助力全球贫困治理”为主题的 2019 中国扶贫国际论坛在北京开幕，论坛上公布了 110 个“全球减贫案例征集活动”最佳案例名单，由内蒙古自治区通辽市扎鲁特旗报送的《利用“议贫会”扩大贫困人口参与——扎鲁特旗“百姓议贫会”》案例获评最佳案例。

为了解这一优秀扶贫案例，本刊记者特地走进了扎鲁特旗。

扎鲁特旗是内蒙古自治区的贫困旗，贫困人口众多，因此脱贫攻坚工作成为当地紧迫而艰难的任务。刚开始在全旗开展这项工作时，许多扶贫干部因没有经验，工作中出现了联系服务群众不密切、贫困户对扶贫政策不了解、各级帮扶力量不明显、合力不强等问题，使脱贫攻坚工作举步维艰。为此，扎鲁特旗委从 2017 年开始率先在前德门苏木各嘎查村建立“议贫会”制度，让帮扶干部深入走

“议贫会”从聊天、商议、聆听中挖掘更多的致富想法

嘎查妇女的织袜子致富路

访群众，主动谋划脱贫思路。经过一年多的探索实践后，大家终于看到了“议贫会”发挥的显著成效。由此“议贫会”群众工作机制开始被全旗18个苏木镇（场）、235个嘎查村（分场）复制和推广，成为扎鲁特旗脱贫攻坚的主要力量。

位于鲁北镇东北方向的前德门是率先试行“议贫会”的苏木。在该苏木的五家子嘎查，记者听到了许多与“议贫会”紧密相连的幸福故事。

五家子嘎查共有293户，其中建档立卡贫困户就有104户。因此在扶贫工作中，嘎查领导及扶贫干部始终将发展产业、加大就业力度作为重点工作来抓。他们通过“议贫会”与村民商量后，引进了武汉市一家贸易公司的织袜业务，成立了织袜扶贫车间。

当记者走进设立在村委会的织袜扶贫车间时，嘀嘀嗒嗒的织袜机声不绝于耳，几名车间工人忙碌地织造、缝头、定型……很快，一双双崭新的针织袜就展现在眼前。

扶织袜贫车间解决了一部分村民的就业问题，车间实行五班倒、计件工资、多劳多得，平均每人每月收入2000 ~ 3000元。红红火火的织袜扶贫车间让大家有活干、有班上、有钱挣。

在五家子嘎查，记者还了解到建档立卡贫困户王喜一家的情况。王喜一夫妇

村干部帮助王喜一了解政策

常年被疾病缠身，因此花掉了家里所有的积蓄，日子过得非常艰难。在“议贫会”上，他倒出了心里的苦水，说出希望通过养羊改善现状的想法，后来在村“两委”和帮扶干部的帮助下，这一想法很快得以实现。如今王喜一家的羊增长到200多只，实现了稳定脱贫的目标。生活的改变让王喜一身心愉快，又有了一股干劲儿。

义和碑村是鲁北镇第二大村，这里山地居多，十年九旱，产业基础薄弱，村里没有集体经济。为了脱贫致富，义和碑村通过召开“议贫会”，集思广益，充分尊重贫困群众的意愿，决定成立村办食用菌种植厂，以实体经济带领当地农户走上增收致富的道路。

食用菌种植厂建成后，优先从建档立卡贫困户和低保户中招工，解决了部分

王喜一和他的羊

义和碑村食用菌厂丰收的蘑菇

困难农户的就业问题。目前，食用菌种植厂已经吸收了64户贫困户，每户每年分红1200元。义和碑村这一“议贫会”议出来的新产业，既带动了贫困户脱贫，又增加了村集体经济收入。

在扎鲁特旗，像这样通过“议贫会”议出来的致富例子还有许多。“议贫会”正是通过这样的形式发挥桥梁作用，搭起了群众的诉求渠道，让百姓把窝在心里许久的“苦水”倾倒出来，使扶贫工作者可以更清楚地掌握每一名贫困者的真实生活状况，同时又利于让帮扶者与被帮扶者共同查找贫困原因、商讨扶贫对策、研究扶贫办法，以集体的智慧有针对性地制定帮扶政策，保障了帮扶的实效性。

“中国共产党人的初心和使命，就是为中国人民谋幸福，为中华民族谋复兴。”脱贫攻坚是习近平总书记心里牵挂的一件大事，也是各地基层干部群众心中的大事。秉持这一初心和使命，脱贫攻坚工作中涌现出了许许多多令人感动的优秀扶贫故事和扶贫案例。从扎鲁特旗走出来的“议贫会”，以朴实的方式讲述着一个个动人的故事。

地方企业发力，助推精准扶贫

——记四子王旗赛诺羊业积极探索精准扶贫发展模式

四子王旗杜蒙肉羊科技园区——赛诺羊业

内蒙古赛诺草原羊业有限公司（今内蒙古赛诺种羊科技有限公司）是一家集羊的育种、种羊生产和推广、标准化肉羊养殖和现代草地畜牧业生产与技术服务为一体的科技型种业企业，同时也是农业部认定的第一批国家肉羊核心育种场、国家级良种肉羊繁育养殖标准化示范区、内蒙古自治区肉羊种业工程技术研究中心、内蒙古自治区农牧业产业化重点龙头企业和内蒙古自治区扶贫龙头企业。

多年来，赛诺羊业积极探索精准扶贫发展模式，以企业的自身技术优势为基础，从育种、种羊扩繁、杂交肉羊生产到现代化草地畜牧业高效示范推广，每一个生产环节均与贫困户建立利益共同体，抓住肉羊高效生产技术和市场两头，带动农牧民产业脱贫。通过为养殖户提供优质、优价的种羊和驻村蹲点服务的肉羊养殖标准化技术服务、保底回收等形式，使涉及肉羊养殖的2150户贫困户如期脱贫。

利用精准扶贫政策，向建档立卡贫困户购买种羊，用扶贫资金进行补贴，贫困户只需自筹1000元，就可以购买1只优质种羊。赛诺羊业还专门成立了一支120人的肉羊养殖技术服务团队，驻村蹲点开展技术指导与培训。赛诺羊业与农牧民签订回收合同，公司保底回收、统一育肥，面向大型餐饮企业和新疆地区销售，让农牧民养殖收入更加有保障。农牧民每改良1只本地基础母羊增收200元以上，户均年增收4万～5万元。

目前在四子王旗地区已组建二元杂交肉羊生产合作社12个，涉及牧民2891户，其中带动建档立卡贫困户1825户农牧民进行肉羊杂交改良，有效推动了产业扶贫发展，带动农牧民脱贫致富。

赛诺羊业坚持“锻造一个人、带动一百人、影响一千人”的发展理念，持续培育自立、自强、自信、有尊严的新牧民。2012年以来，累计举办培训班80余期，培训人数达3000多人，免费发放养殖技术手册4000余本。通过劳动技能培训，牧民掌握高效肉羊标准化生产技能，从本质上脱贫，保证了脱贫不再返贫。

此外，赛诺羊业与贫困农牧民建立“政府投入，贫困户承贷，企业运作资金，企业承还，返利贫困户”的利益联结模式，带动1000户贫困户如期稳定脱贫。赛诺羊业按年度对建档立卡贫困户进行红利分配，2017年12月为1000户贫困户发放首批分红资金，每户2000元，共计发放200万元。2018年5月底前再发放200万元。对完全或部分丧失劳动能力的老弱病残户或外出打工的牧户，赛诺羊业按照每只羊每年120元的价格进行牲畜租赁（每户50～80只），

剪羊毛

露天养殖

以每亩5元的价格流转草场14万亩（每户3000亩），涉及牧民40户，其中贫困户15户，户均稳定收入2万元。对有劳动能力的贫困户，经过公司培训后，被聘为公司的养殖员，涉及贫困户10户，贫困人口18人。

赛诺羊业联合嘎查，发展集体小种羊场，创新扶贫模式。公司以20万元现金入股羊场，提供胚胎移植技术和标准化饲养管理技术；牧民组建联合体，以草场和羊只入股，其中联合体提供1万亩草场、800只受体母羊和劳动力；养殖场场长以7万元现金入股，负责种羊场的生产经营管理；技术员以3万元现金入股，按照赛诺羊业的技术标准为农牧民提供技术服务。利用嘎查（村）集体经济发展的政策，建立以种羊为核心的科技示范推广中心，种羊养殖技术全面覆盖嘎查（村），使全嘎查（村）农牧民养羊技术得到提升。目前已建立4个小种羊场，涉及牧户22户，人均纯收入增加2万～3万元。

到2020年，赛诺羊业将建立起世界级种羊基因库，同步推进联合育种场项目、肉羊产业链项目、现代草地畜牧业项目建设，将四子王旗乃至乌兰察布市打造成为我国最大的种羊繁育生产输出基地，高标准、高品质肉羊生产加工输出基地，引领全国草地畜牧业现代化示范基地，为农牧民增收、农牧业增效、草原生态恢复和精准扶贫做出积极贡献，实现政府、企业和贫困户共赢。

有一种丰收叫“起土豆”

“春种一粒粟，秋收万颗子”。秋风正起，阴山北麓的武川平原进入收土豆的黄金期。田地间，农民们伴随着拖拉机声忙碌着起土豆、装土豆；乡间的路上，满载土豆的车辆来回穿梭。放眼望去，广阔的田野上无处不是繁忙热闹的景象。

喜获丰收

王永红是武川县西官井村土生土长的农民。2014 年开始，他以合作社模式租用村里的 2000 亩基地，种植土豆、南瓜等农作物。经过 7 年的辛勤劳动，他逐渐成为当地有名的土豆种植大户，他的基地每年平均可出产 4000 吨土豆。

武川土豆在全国享有盛誉，远销北京、上海、广东、山东、山西、河北等 20 余个省（区、市），走遍大江南北，以无公害、绿色、有机品牌走进超市，甚至走出国门，走向了世界。因为武川地区属中温带大陆性季风气候，日照充足，昼

收土豆

武川土豆远销北京、上海、广东、山东、山西、河北等20余个省（区、市）

坚守在田地间的王永红

夜温差大，产出的土豆块大整齐、表皮光滑，蒸炖后口感棉沙，深受人们的喜爱。

由于土豆种植面积较大，王永红每年都会雇很多工人来这里起土豆，其中部分工人是来自外地的长期工，部分是临时雇的日工。仔细观察工人们装土豆的袋子就会发现有三种颜色，原来王永红对土豆进行了分类：装透明袋子的大土豆主要向市场销售；装红色袋子的小土豆向淀粉厂销售；装灰色袋子的土豆品质优良，用于来年播种。如此科学精细的划分也是保证武川土豆优良品质的原因之一。

王永红种植土豆的第一年，因为土豆行情不好，不仅没有赚到钱，还欠了 40 多万元的外债。三年后他重整旗鼓，重新在基地种起了土豆。近几年虽然保持着平稳的收入，但作为合作社的带头人，他也默默承受着各种压力和风险。

为了在国庆节前完成田里的活儿，王永红和工人们每天起早贪黑，已经奋战了近一个月。每天在日晒下的劳动使他们略显疲惫，但想到即将迎来的收获，他们的心里充满了喜悦。

老孙的苦乐人生

三年前初冬的一个傍晚，我在城郊路边漫步时突然遇见一位老人推着一辆装满树枝的独轮车在上坡。看到老人艰难的样子，我赶紧上前帮助他推了一程，我们边走边聊。聊天过程中我得知老人姓孙，82 岁，家中有老伴儿和孙子，老伴儿 78 岁，孙子患有唐氏综合征。听到老孙家这样的境况后，我脑海里立刻闪过一个念头：到老人家里看看。

老孙每天要拾荒和捡柴度日

老孙租住的房子

从此，我开始了连续三年的拍摄，不仅记录了老孙一家人生活中的点点滴滴，同时也见证了三年来这一家人发生的巨大变化。

老孙一家三口生活在霍林郭勒市巴润村，房屋是租住的。老孙介绍说，他跟老伴儿是后来才结合在一起的。他们双方都各有 5 个孩子，生活都不算富裕。大儿媳妇几年前就离家出走了，留下了身边这个孙子。一家三口相依为命，靠老孙拾荒艰难地生活着。老伴儿懂些针灸，俗称“行针”，经常为左邻右舍医治感冒咳嗽或腰酸腿疼的小毛病，还喂养了几头猪，贴补家中生活。

患有唐氏综合症的孙子

由于老孙一家的户口都不在本地，按政策不能享受相关待遇，几年来生活得十分窘困。当市政府得知他家的情况后，没有置之不理，于 2017 年 10 月分配了一套公租房给他们住，并给予了一些生活上的补助。这让老两口非常感动，他们做梦也没想到能挪出那间凌乱不堪的出租房，住上宽敞明亮的楼房。

老孙一家

老伴给老孙针灸

老两口手拉手望着政府给安排的新房子

老孙老两口乐得嘴都合不拢了，他们一家人又鼓起了生活的勇气。老两口逢人就夸赞政府好，夸赞共产党好！

西乌旗：推动精神文明建设 争创自治区文明旗县城

七月盛夏，内蒙古画报社走进了锡林郭勒盟西乌旗巴拉嘎尔高勒镇，在全区上下争创自治区文明城市之时，西乌旗旗委、旗政府紧紧围绕“五位一体”总体布局和“四个全面”战略布局，全面落实“五大发展理念”。以培育和践行社会主义核心价值观为根本，以强化思想引领为核心，以立德铸魂为指引，深化群众性精神文明创建活动，把以人民为中心的发展思想贯穿到创建工作全过程，筑牢思想道德基础，培育文明社会风尚，强化城乡建管力度，营造优美宜居环境，为不断提升城乡居民文明素质和地区文明程度、增强广大人民群众的获得感和幸福感，提供坚强思想保证、强大精神动力、丰润道德滋养、良好文化条件。

创建文明旗县城是西乌旗完善城乡治理体系、提升治理能力、持续保障和改

孩子在草地上踢球

善民生、坚定生态文明战略定力，推进经济高质量发展的一项重要举措。各苏木镇、各部门以测评体系为总基调，以提升城乡治理能力和水平为总目标，切实从群众关心的实际问题和日常行为养成抓起，推动创建工作取得实实在在的效果，使城乡居民能够深切感受到城乡面貌、社会文明程度的显著变化，全面提高居民的获得感和满意度。重点实施了理想信念教育、核心价值引领、公民道德建设、文明风尚培育、法治西乌建设、文化建设、生态环境保护、城镇建设管理、民生服务保障、乡风文明建设、立德树人教育、基层基础建设等 12 项提升行动。

为推动创建工作各项任务落到实处、凸显成效，聚焦创建工作的问题和难点，西乌旗文明委组建自治区文明旗县城创建工作指挥部。指挥部下设 9 个专项工作组，负责落实集中整治攻坚任务，攻克创建工作难点堵点，补齐短板弱项，解决群众关切热点问题，推动工作落实。

西乌旗的老人身穿少数民族服装在聊天

这里街道整洁、交通有序、居民和乐，一派和谐美好的景象，每个人都在为创建文明旗县城贡献着自己的力量。

希望的灯火

2014 年的一场车祸，使一个普通家庭的男主人左腿膝盖粉碎性骨折，失去了基本劳动能力。一边是巨额的治疗费用，一边是儿子上大学，不仅掏空了这个家所有的积蓄，还让他们欠下了十几万元的外债，一个原本富裕的家庭陷入了窘境。面对突然倒下的“顶梁柱”和如同泰山压顶的外债，女主人萨仁图娜拉选择了坚强面对，她做出了返乡种地、喂羊的决定。回到家乡达拉特旗吉格斯太镇大红奎村二梁壕社时，看到年久未修缮的房子已是满目疮痍，这让心力交瘁的一家人更觉苦涩与凄凉。

蒙餐馆生意红红火火

萨仁图娜拉的脱贫事迹受到各界关注

2016年，当地政府了解到萨仁图娜拉一家的困境后，将她们家确定为建档立卡贫困户。帮扶责任人、驻村工作队和镇村领导干部经过协调后，为她解决了2.5万元的危房改造补贴款，让她重新翻修了房子。与此同时，还帮助她申请落实了1.2万元扶贫资金，帮扶了7只羊和1头猪。她的丈夫和儿子也分别收到了来自政府1万元的生活补贴和7000元的助学补助金。萨仁图娜拉还种植了50亩玉米，并用扶贫资金购买了20只羊羔开始发展养殖业。同年，萨仁图娜拉的父母又送来60只绵羊，进一步壮大了她的养殖产业。

萨仁图娜拉经常关照自己帮扶的贫困户阿苦尔尼家

在当地政府的关怀与帮助下，萨仁图娜拉仅用1年时间就成功脱掉了贫困的帽子。从被确定为建档立卡贫困户已过去3年，萨仁图娜

劳动中的萨仁图娜拉

拉一家用勤劳的双手和曾在城里打拼的丰富经验为自己蹚出了一条致富之路。2018 年，萨仁图娜拉的羊群发展到近 300 只，可是羊肉销售价格并不理想，于是她与逐渐康复的丈夫合计着发挥他的手艺，开了一家饭店。在夫妻二人的努力经营下，饭店每月的纯利润达到 1 万元以上，家庭年收入达到近 30 万元。

在致富的路上萨仁图娜拉吃了不少苦，流了不少汗。她每天起早贪黑，不是在种地打草就是在喂猪喂羊。她的小姑子说："为了照顾好小羊羔，嫂子有一次还睡在了羊圈里……"

一分耕耘一分收获，如今收获美好生活的萨仁图娜拉已经开始帮助身边的贫困户，指引他们脱贫致富了。她说，那几年自己有手有脚，却拿着国家的钱，觉得很羞愧。如今生活宽裕了，就想把政府资助的钱还回去。可是在政府工作的干部却说："如果你真想还钱，就去帮扶那些有需要的贫困户吧！"后来她得知蛇肯点素村贫困户阿苦尔尼在丈夫去世后独自带着 3 个孩子，生活过得非常艰难，她决定每年为其正在上初中的大女儿资助2000元学费，直到大学毕业。今年，她又把自家的5只基础母羊、30只蛋鸡送给了村里的贫困户，帮助他们发展产业。

获得示范性家庭农牧场荣誉称号

在牧区长大的萨仁图娜拉坚强而乐观，不怕苦不怕累，她不仅用勤劳的双手重新拾起了跌入谷底的生活，还以一颗纯朴善良的心回报着社会，回报着当初在最困难时给予她关怀的家乡。

萨仁图娜拉的故事如同一盏希望的灯，照亮了许多人前行的路，她也因此被评为自治区“最美脱贫攻坚人”，为自治区脱贫攻坚工作树立了榜样。

扶贫干部曹智勇

2017 年 3 月，呼和浩特市委政策研究室研究员曹智勇被派往武川县二份子乡黑浪壕村开展扶贫工作。

初到黑浪壕村时，他看的景象是：坑洼不平的泥沙路，破旧低矮的民居，风蚀沙化的土地……

然而经过一年多的时间，在曹智勇积极推动扶贫产业，认真开展“志智”双扶工作后，这里发生了许多变化。

扶贫干部曹智勇

黑浪壕村属国家级贫困村，辖 8 个自然村，户籍人口 542 户 1364 人，常住人口 159 户 330 人，土地面积 30886 亩。历年共有建档立卡贫困人口 115 户 241 人。2018 年底，经国务院第三方评估机构验收，115 户 241 人全部达标，成功脱贫。

在曹智勇的协调下建成了农田灌溉大口井

过去的黑浪壕村是典型的“种地缺水、养牧缺草，务工不敢、经济缺产”的深度贫困地区。所谓“种地缺水”，是指这里每年的降雨量不足300毫米，无霜期短，经济作物无法形成规模化种植；“养牧缺草”指的是过去进行植被复垦，给当地造成严重的生态破坏；“务工不敢”指的是城镇距离远，常住户多以中老年人口为主，人们因顾及家中无人照看而难以脱身；“经济缺产”则是指资源匮乏，且无条件引进经济项目。

黑浪壕村所属的二份子乡在“十二五”时期被整体列为限制发展区，在“十三五”规划中又被列为生态修复区域。这意味着该乡不能再引进投入大型项目，必须寻求既不与政策冲突，又能发展村集体经济的产业项目。这让曹智勇感受到了不小的压力。

曹智勇没有着急争取产业项目，而是先入村串户进行了细致的调研。在此过程中，他从村民王来润老人那里得知，二份子乡多地生长优质芨芨草，可以编制大扫帚用来清扫院落、街道。

对幸福院环境卫生进行整治

曹智勇认为应该立足当地资源搞产业。毋庸置疑，如果通过产业带动来激发贫困户的内生动力，那么实现由“输血”变“造血”的“志智双扶”目标指日可待。经过市场调查和仔细核算，他了解到一把扫帚扎制成形所需的成本价。在市场上扫帚的售价是每把10元或12元，按质量和大小定价，如此算来，按每人每天扎制3把计算，除去成本9元钱，还剩余21元钱。考虑到零散销售、运输、进城成本开销，必须形成产业规模化才能有钱赚。

曹智勇决定在黑浪壕村开创一个扫帚产业。这一想法经乡党委研究同意，县委分管领导批准后，他立刻购进了2台扫帚编制机，集中投放在村集体合作社，然后收购农户采收的芨芨草，批量生产扫帚。同时引导村民按标准要求分散编制，合作社统购统销，并建立利益联结机制、岗位工资制、散户收益制。这样一来，除去成本每把扫帚可收入8元钱。截至目前已生产的2000多把扫帚成品，均被推向驻

向县委副书记介绍本村扶贫产业

走访瘫痪老人

市县的企事业单位。

二份子乡气候寒凉、空气质量优，出产的红小麦虽说产量小，但籽粒饱满、营养价值极高，由红小麦制成的面粉在当地远近闻名。因此，曹智勇运用扫帚产业的模式，在村里创办起了馒头加工厂，并组织村里的妇女，按标准和要求蒸制馒头，售卖到附近的种植基地和风电企业，等到市场认可后，又购进和面机、搅拌机、压条机等相关设备进行改良，然后在村集体合作社开始批量生产。项目运行以来，馒头加工厂日平均生产 350 个馒头。

黑浪壕村离县城有 80 多公里，从前村里的小超市一般会托路过的班车捎一些能放得住的蔬菜，以满足村民需求。而像豆腐这样的食品，多了卖不掉就坏了，少了又不够供应。曹智勇经调研得知，附近的种植基地、风电企业的食堂，一天所需的豆腐约 200 斤。如果在村里建立一个豆腐加工点，既能满足当地百姓的需求，又能增加村集体收入，可谓一举两得。于是，曹智勇利用村里的空房，施工改造、铺电上水，购进豆腐加工机器等相关设备，生产豆腐、豆浆、豆腐脑等产品，逐步向市场推广。

早些年黑浪壕村曾发展过种羊养殖，后因肉羊市场逐年下滑暂缓运行，养殖

帮助农户春耕

棚圈廉价外租，租期到了，圈舍就要闲置。对于一个资源有限的贫困村来说，任何可利用的经济发展资源都不可以浪费。曹智勇从牧区的兽医那里得知，前半年的大旱造成牧区成片的牛羊因缺水而成群死亡，养殖数量多的牧主开始低价出售牲畜。于是，他利用养殖场剩余的小部分流动项目资金，从灾区牧民那里购进了32头肉牛，进行特色循环养殖。这一举措不仅帮助牧民减少了损失，还解决了养殖场地闲置的窘境。截至目前，养殖场的肉牛已增长到35头，年底出栏一半，剩余的还可以继续循环养殖。

帮助农户秋收

曹智勇在马不停蹄地帮助当地百姓开拓几项扶贫产业之后，又发现了新的问题，那就是村里的留守老人、大龄党员、残障人口等边缘户的产

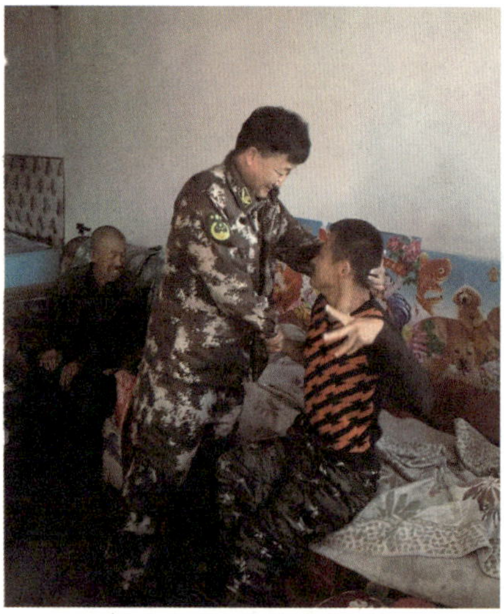

曹智勇经常帮助村里的留守老人、智力残疾人员等

业保障问题，尤其是集中入住互助幸福院的老乡们，突然闲下来后有些不适应。针对这一情况，他通过改造旧校区院落，自筹资金，按照院落养殖容量，购进肉鸡、蛋鸡，全部用于非建档立卡的边缘户的收入补贴。

发展培育特色产业项目，是保障贫困人口脱贫致富的坚强后盾。面对深度贫困地区，特别是资源匮乏、基础条件较差的贫困村，只有结合村情民情实际，培育真正适合当地的产业，才能实现可持续、稳增收、促脱贫的目标。

发放慰问品

端午节看望贫困户

“村看村，户看户，农村富不富，关键看干部。”年轻的扶贫干部曹智勇带着一份责任心，以贫困人口脱贫致富为出发点和落脚点，敢于向困难挑战，变不可能为可能，给黑浪壕村的扶贫工作交出了满意的答卷。

扶贫警察李晓东

扶贫警察李晓东

李晓东原是内蒙古自治区公安厅政治部人事训练处教育训练科科长，当他从同学那里听说扎赉特旗老百姓的贫困状况后，便萌生了去那里看看的想法。2014年，公安厅党委举行第一批兴安盟扶贫点驻村干部选拔工作，李晓东立刻报名，从此，人民警察变成了扶贫干部。

兴安盟扎赉特旗巴达尔胡镇乌兰格日勒嘎查，总面积47平方千米，辖区有4个自然村，289户农业人口，共1034人。在脱贫攻坚战开展前，这里的贫困人口

郜明运的旧居

郜明运的新居

一度达到 433 人，占比 40% 以上。

2014 年 6 月，李晓东正式开始了驻村扶贫工作。乌兰格日勒嘎查由何家屯、佟家屯和林场屯组成，三个村屯相距较远，交通情况也十分糟糕。在公安厅的第一轮帮扶过程中，何家屯到佟家屯通了水泥路，而到林场屯的道路问题未得到解决。这件事成了李晓东心里的一个结，听到林场屯村民的抱怨，他更加坚定了修路的决心。李晓东多次到自治区交通厅、兴安盟交通局协调，在他的不懈努力下，自治区财政决定划拨专项资金来解决这件事。现在不光到林场屯的道路修好了，东、西何家屯之间还建了一座跨河桥，乌兰格日勒嘎查的交通问题彻底得到解决，百姓们都乐开了花。

在李晓东驻村扶贫的日子里，乌兰格日勒嘎查的村民郜明运家发生了翻天覆地的变化。郜明运和孙子生活在一起，所谓的家，不过是一间破旧的茅草屋，屋内散发着经年累月生活的味道，黑乎乎的墙壁上经常有土渣掉落，房屋中间一根长长的木棍支撑着房梁，让原本就不大的房屋显得更加逼仄。年过七旬的郜明运在这间危草房中独自养育着孙子，生活就像这间房子一般风雨飘摇。虽说郜明运的儿子郜呼格吉勒在呼伦贝尔打工，一年能赚万八千元来贴补家用，但这仍旧无法改变家中的贫困状态。

李晓东与村民交谈

李晓东随自治区公安厅派驻的扶贫工作队抵达乌兰格日勒嘎查后才得知这一情况，然而让他更为惊讶的是，嘎查竟有35户人家都住在这样的危房里。他通过多方协调争取危房改造资金，将嘎查的情况如实向公安厅党委做了汇报，公安厅决定拨付150万元专项经费为危房户新建房屋。为了让大家在过冬前住上温暖的新房子，李晓东立刻制定施工方案，督促工程队的施工进度。在大家共同的努力下，贫困户们都按时住进了崭新、宽敞、明亮的砖瓦房。搬进新房的郜明运，似乎看到了未来的希望，布满皱纹的脸上露出了久违的笑容。

乌兰格日勒嘎查是典型的半农半牧地区，农牧民能做的就是种地与放牧，但种地是靠天吃饭的，养殖业又规模太小，整体发展很困难。授人以鱼不如授人以渔，长久的发展才是真扶贫。李晓东决定帮嘎查

李晓东走访贫困户

乌兰格日勒嘎查的养殖业

培育能长久发展的产业。工作队与嘎查两委班子共同确定了“种养并重、共同发力”的发展思路，把种植业和养殖业作为优先发展的主导产业，精准到户，协同发展。发展种植业方面，李晓东决定先进行土地整理，将具备条件的6000亩耕地列入土地整理项目，将其建成旱可浇、涝可排的保产田。在自治区公安厅和扎赉特旗旗委、旗政府的大力支持下，嘎查建起了1700平方米的羊舍，一次性购进子母羊1400只，同时挑选10户有一定经济基础且有人担保的农牧民，采取承包经营的方式带动贫困户致富，又利用“菜单式”扶贫资金为贫困户购进价值2万元的西门塔尔育肥牛。李晓东协调自治区公安厅出资为贫困户建成80平方米的牛圈，这为养殖业的

走家串户进行嘎查代表选举投票工作

检查新运来的化肥

李晓东在嘎查栽树

壮大奠定了良好的基础。在这些扶贫政策的帮助下，村民们都士气大涨，干劲十足。

真扶贫，扶真贫。李晓东的付出终于得到了回报。2018 年，兴安盟扎赉特旗乌兰格日勒嘎查退出国家级贫困县序列，而李晓东也在 2019 年 7 月底圆满完成扶贫工作，回到了原单位。2020 年 11 月 23 日，贵州省宣布其剩余的 9 个贫困县退出贫困县序列，这标志着全国 832 个贫困县全部脱贫摘帽。这些功劳离不开千千万万个默默付出的扶贫干部，正因为他们的无私付出，脱贫道路才走得如此稳固。这些成绩的取得，凝聚了全党全国各族人民的智慧和心血，是广大干部群众扎扎实实干出来的。

沙日格台嘎查：做“内外兼修”的美丽乡村

扎赉特旗西北部有一座村落——阿拉达尔吐苏木沙日格台嘎查。这里曾是扎赉特旗最贫困的地区之一，房屋破旧、道路泥泞、环境恶劣。过去的10年里，通过精准扶贫，这里变成了绿色宜居的美丽乡村。

秋收

沙日格台嘎查是既经营农业又从事养殖业的半农半牧乡村，辖3个自然屯，占地面积80平方千米，总户数392户，人口1216人。2018年，沙日格台嘎查脱掉了贫困嘎查的帽子。2019年，75户贫困户全部退出了贫困行列。正如习近平总书记曾指出的，“脱贫摘帽不是终点，而是新生活、新奋斗的起点。接下来要做好乡村振兴这篇大文章，推动乡村产业、人才、文化、生态、组织等全面振兴”。现在，沙日格台嘎查正在振兴之路上大步向前。

党的十九大报告指出：“必须树立和践行绿水青山就是金山银山的理念，坚持节约资源和保护环境的基本国策，像对待生命一样对待生态环境。”生态振兴是生态文明的必然要求，是乡村振兴的重要支撑。沙日格台嘎查本身就具有良好的自然生态环境，在对村寨进行旅游开发的过程中，始终树立“沙日格台生态”品牌意识，统筹山水林田湖草系统治理，实行严格的生态环境保护制度，引导村民形成绿色发展方式和生产方式。沙日格台嘎查于2019年12月25日被评为“国家森林乡村”，这更加充分地表明沙日格台嘎查做到了对山林植被、水源河流、村庄形态的有效保护，走上了生产发展、生活富裕、生态良好的文明发展之路。

产业兴则乡村兴，乡村的全面发展不仅要有“外在美”，只有产业振兴才能成为乡村长久发展的有力支撑。2017—2019年，内蒙古自治区民族事务委员会向扎赉特旗投入少数民族发展资金3840万元，沙日格台嘎查连续几年通过“菜单式”产业扶贫项目购买了基础母牛和母羊，分给当地贫困户发展畜牧业。在“支部＋农户＋合作社”的模式下，通过党员带动贫困户的方式，32户贫困户发展庭院经济，在庭院种植了57亩绿色无公害瓜果蔬菜，供给特色餐饮和游客采摘。利用努图克民俗馆和达嘎图庙两点一线作为支撑，结合音德尔至杨树沟、杨树沟至神

蔬菜大棚

山全域旅游景点路线，将沙日格台文化旅游产业融入阿尔山、满洲里、海拉尔全域旅游范围，大力发展特色文化旅游产业。通过几年的产业发展，沙日格台嘎查人均收入有了显著提高，产业扶贫也结出硕果。

乡村振兴，既要塑形，也要铸魂，这个“魂”就是“文化”。沙日格台嘎查自2014年被命名为内蒙古自治区少数民族特色村寨以来，把突出特色、文化振兴作为重要发展手段，以努图克民俗馆、文化广场、文化活动室为载体，多次开展群众文化活动。嘎查还组建了马头琴、四胡、安代舞3支队伍，经常开展文化活动，站在坚定文化自信、推动社会主义文化繁荣的高度，不断打造传统文化精品。

村民的业余文娱活动

经过多年的试点建设，沙日格台嘎查建成了民居特色突出、产业支撑有力、人居环境优美、民族关系和谐的少数民族特色村寨，在保护少数民族传统民居、弘扬中华民族优秀文化、培育当地特色优势产业、开展特色文化旅游、改善群众生产生活条件、巩固民族团结等方面取得了显著成效，为推进乡村振兴打下了坚实的基础。

阿嘎如泰嘎查：安居乐业的幸福家园

在包头市西北郊，有一个依偎着绵延的乌拉山，远望着黄河，农耕文明与游牧文化和谐相融的地方，它就是位于包头市九原区的阿嘎如泰苏木阿嘎如泰嘎查。该嘎查总面积100平方千米，人口总数372人。这里地理位置优越，交通便利，京藏高速穿村而过，东西通贯包头市与巴彦淖尔盟。阿嘎如泰为蒙古语，意为有柏树的地方。1649年，成吉思汗仲弟哈布图哈萨尔的后裔因防守要塞，从呼伦贝尔迁徙到阴山山脉，善于制造枪、炮及其他器皿而著称的乌拉特部落便留在丰饶的阴山南北麓以及黄河北岸游牧生活，因而阿嘎如泰嘎查牧民多数为乌拉特部落后裔。

美丽的阿嘎如泰嘎查

走进阿尔查苑，皆是二层小楼，这里是阿嘎如泰嘎查牧民的新住所。穿过小路，

成吉思汗广场

可以看到居民隔着窗户聊天，脸上挂满笑容，这是浸在美好生活的蜜里，才能绽放的快乐。阿嘎如泰嘎查的牧民新村阿尔查苑占地285亩，于2009年开始建设，配套设施有办公区、活动中心、景观区、文化广场与篮球场，如今已有70多户牧民搬进了新家，生活环境有了极大改善。

在乡村振兴发展中，阿嘎如泰嘎查深化村民自治实践，发展集体经济组织，着力以党组织为核心的农村基层组织建设，建立健全党委领导、政府负责、社会协同、公众参与、法治保障的现代乡村社会治理体系，确保乡村社会充满活力、安定有序。

民宿

2004年，阿嘎如泰嘎查开始实行封山禁牧，牧民从靠山放牧逐步转向依靠集体产业。产业旺才能乡村兴，如今，阿嘎如泰嘎查境内已拥有多种产业。农牧业带头发展，目前已有舌尖管家现代农业示范园

现代马业基地训练

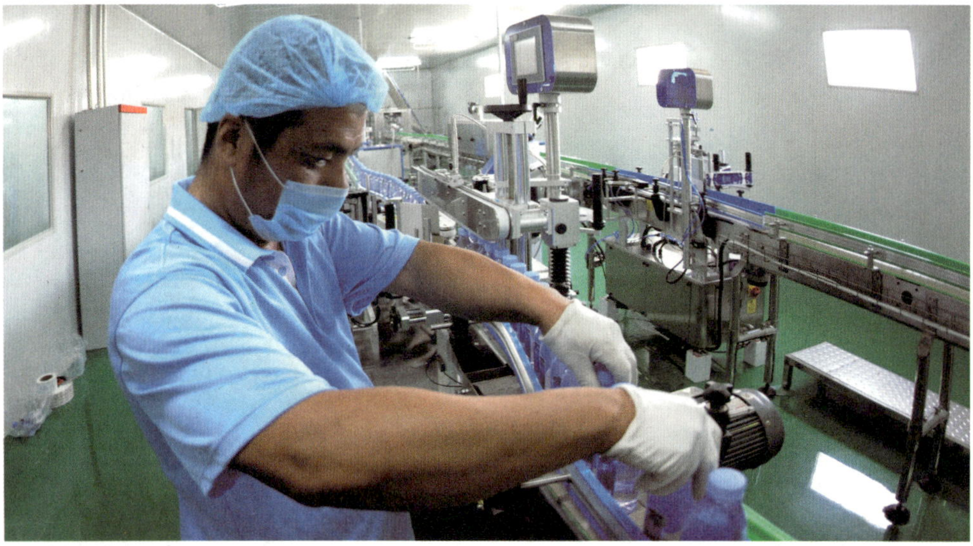

矿泉水生产线

区、草原天宝生物科技种植园、圣高旺牧业、草原立新绿色养殖基地等。依靠丰富的矿产资源，发展了鑫达黄金公司和泉山金矿；利用交通优势和乡村资源，在乌拉山北麓开办了莫尼汗民宿，舒适的乡村环境使得这里成为市民休闲放松的好去处；通过得天独厚的自然资源“梅力更井”，建成了内蒙古阿嘎如泰天然矿泉有限公司，其生产的矿泉水水源地为零污染的“梅力更井”，水源被国家鉴定为低钠、低矿化、含锶、重碳酸钙优质饮用天然矿泉水；包头中马马业有限公司在这里建立了内蒙古第一个国际标准专业马球运动基地，既能吸引阿嘎如泰嘎查的牧民参与马球运动，又能给周边牧民提供就业岗位。阿嘎如泰嘎查的产业振兴之路越走越广，推动着嘎查经济健康发展，牧民稳定增收。

斯琴图娅工作坊

乡村要振兴，离不开人才的支撑，阿嘎如泰嘎查坚持对内培养传统文化人才，对外引进精英管理和法律保障型人才，着力培养懂农业、爱农村、爱农民的新型职业农牧民，增强内生发展动力，搭建干事创业平台，激发农牧民创新活力。注重对非遗传承人的培养与支持，在嘎查内开办手工作坊，使传承传统文化的同时依靠手工带领牧民发家致富。

赓续民族血脉，发现文化之美，文化振兴作为乡村振兴的重要组成部分，是乡村振兴的催化剂和加速剂。阿尔查苑内的文化广场以乌拉特历史文化为主题，通过这些既能展示中华民族文化的深厚底蕴和独特魅力，也有利于彰显民族团结进步，让乡村风貌的“颜值”得到有效提升。

开发露营项目

露营地驻场歌手

随着乡村振兴工作不断深入和美好乡村建设步伐的不断加快，阿嘎如泰嘎查宜居宜养宜游条件将更加完备，人民生活的获得感、幸福感、安全感会更充分。在阿嘎如泰嘎查，我们看到的最多的是每个人的笑颜。人民安居又乐业，就是乡村振兴的最好体现。

带着村民领着鹿，踏上脱贫致富路

郑晓林在喂养鹿

他是自治区人大代表，是阿尔山市白狼镇鹿村党支部书记，是《亲爱的客栈》里憨厚朴实的“村长”，是带领鹿村村民踏上致富路的领路人，他就是郑晓林。别看他个子小，小身躯却有着大能量。

2009 年，刚刚当选为鹿村党支部书记的郑晓林一上任就赶上村里经济最不景气的时候。作为土生土长的白狼人，郑晓林对家乡有着深厚的感情，油然而生的责任感和使命感让他决心带着鹿村村民脱离贫困，走向小康。

鹿村因养鹿而得名。这里的森林覆盖率达到 80%，夏季温暖短促，冬季寒冷漫长，昼夜温差大，覆雪期长达 6 个月，而梅花鹿耐寒，大多生活于森林边缘和山地草原地区，在这里养殖梅花鹿实在是不二之选。

以往的鹿产品一直出口国外，然而由于 2009 年出口限制，国内的市场价格又一跌再跌，村里的鹿产品严重滞销，村民们纷纷卖鹿转行。可鹿村没了鹿还是鹿村吗？于是郑晓林就自己出资，按照市场价收购梅花鹿。那一年，全村的鹿基本都靠他一个人养着；那一年，他带着村民、带着鹿熬过了鹿村最困难的时期。

也是从 2009 年开始，郑晓林决定改变鹿村原有的依托梅花鹿、野猪养殖的单一发展思路，开始利用特色养殖产业发展梅花鹿产品深加工、旅游纪念品销售和特色餐饮住宿业。

郑晓林喂养鹿群

要发展旅游业就得从完善鹿村开始，由于位置偏僻，通往鹿村的路并不好走，村民们自己出行都极为不便，于是郑晓林开始琢磨修路，可资金问题让他犯了难。恰逢当时村子附近有一个在建的矿泉水厂，他与负责人协商，自己支付油钱让司机们绕路把废料运到鹿村，填路上的坑。就这样废料接二连三地被运来，雇不起

鹿村特色餐饮住宿业

填坑平整的车，村民们就自己干。好不容易修好了路，又苦于没有路灯，恰逢阿尔山市刚换了一批老旧路灯，郑晓林就想办法把淘汰后的路灯运到了村里，但是坏的、破损的太多，能用的太少，他又转身带着大伙投身到修路灯的行列中。功夫不负有心人，下乡调研的领导看到这一情况后，决定为鹿村安装路灯。

路修好了，灯也安好了，随着旅游业越来越发达，短短几年，林家乐的数量翻了几番，村民的旅游收入也逐年增加，旺季的时候整个鹿村乃至白狼镇都一房难求，游客们四处寻找住的地方。但由于地理位置特殊，这里的夏天只能持续一个月左右，旅游旺季很快就会过去，村民们只能在漫长的淡季里等待来年的旺季。

《亲爱的客栈》是一档体验类观察真人秀节目，2017 年第一季一经播出，收视率就获得五连冠的好成绩。

亲爱的客栈剧组

2018 年，金秋时节的鹿村格外恬静，梅花鹿也正是好看的时候，《亲爱的客栈》第二季选择在这里进行拍摄录制。郑晓林认为，这是村子“走出去”的好机会。他作为“村主任”参与了节目的全程录制，一边探索一边学习。随着节目的录制播出，鹿村火了，网红“村主任”郑晓林火了，鹿园里的鹿也火了，巨大的粉丝效应带给鹿村的是可观的客流量与直接的经济增长。节目拍摄了三个半月，在这期间，鹿村的旅游收入已经达到200万元。录制全部结束后，节目组将客栈的经营权交付给阿尔山市白狼镇人民政府，意在继续推动鹿村旅游业的发展。

游客与鹿互动

如今鹿村成立了梅花鹿养殖专业合作社，贫困户通过贴息贷款购买梅花鹿后，在养殖大户园区“寄养”，由此获得收益。旅游业再也没有淡旺季之分，甚至有时原本的淡季比旺季都旺。

时至今日，鹿村的每户村民都有自己的产业，大家的生活质量逐步提升，郑晓林看在眼里、甜在心里。现在的鹿村正在逐步成为集特色种养殖观光、大兴安岭动植物观赏和林区特色餐饮品尝为一体的旅游特色村寨，并且初步形成了特色种养殖业带动旅游产业发展的新格局。

无论路途多么遥远，无论要经历多少艰难险阻，在建设鹿村带村民致富的路上郑晓林从未停歇。“村里有条小河，我打算把它也利用起来，准备往河里放咱们当地的鱼，游客们来了可以下河抓鱼，既玩得高兴，又能品尝到自己亲手‘抓’来的美味。”郑晓林望着小河，微笑挂在嘴角，喜悦爬上眉梢……

恼包村："网红村"的致富路

在呼和浩特市，有一座江南水乡风格的村落，这里因为独树一帜的人文风光而倍受欢迎，在大家的宣扬及网络传播下，恼包村也就成了大家口中的"网红村"。恼包村位于呼和浩特市新城区保合少镇，全村总人口3000多人，由汉、蒙古、维吾尔、满、回等民族组成，辖区面积9.8平方千米。"恼包"一词源自蒙古语"敖包"的音译，意思为"石头堆积的小山"，是蒙古民族举行祭祀活动的地方。该

车水马龙的主干道

村始建于清代康熙年间，山西人移民到此垦荒谋生。之后逐步在此定居形成了村落，距今已有300年左右的历史。

恼包村地处大青山南麓洪水冲击扇上，历史上水患较多。2013年8月，恼包

村多方筹措资金，经村民大会议定，在村庄外的一片荒地上开始建设新村，先后建设了村民安置小区、生态移民及回乡创业大学生安置房等，并配套建设了党群活动中心、村民服务中心、物业管理中心、游客接待中心、自来水厂、供热站、养老院、幼儿园、文体活动中心、医疗卫生室、便民超市、文化健身广场等。2019 年 10 月 1 日，正值中华人民共和国成立 70 周年之际，世代居住在土坯为墙、茅草做顶的土房中的恼包村人，在祝福祖国生日的欢乐气氛中乔迁新居，在建设美丽乡村的征程上迈出了关键的一步。

恼包村充分利用村庄毗邻国道、高速公路的独特区位优势和公路、铁路运输叠加的物流优势，引进建设呼市城发（恼包）仓储物流，把物联网建在了家门口，

恼包村

做到了搭建平台、物畅其流。截至 2020 年，已进驻物流及快递企业 18 家，年货物吞吐量 1000 余万吨，为该村及周边村民解决就业岗位 3000 多个，成为村域经济振兴发展和多元产业结构中不可或缺的重要组成部分，为繁荣区域经济、提高

野马图村

村民收入奠定了坚实的基础。

与此同时，恼包村积极探索和开辟农耕文化阵地建设的新路子，形成了文化建设的集聚效应。2017 年 3 月 18 日，文化大院对外开放，这里建有党群活动中心、村民文体活动中心、党建馆、村史馆、民俗馆、农耕馆等。村党支部还先后组建了拔河队、锣鼓队、秧歌队、老年表演队以及民乐演奏队等，积极开展各类文化体育活动，极大地丰富了村民的业余文化生活，乡风文明、邻里和睦、尊老爱幼等美德蔚然成风。2018 年 12 月，恼包村举办了首届乡村冰雪花灯文化旅游节。2019 年 2 月，举办了“恼包情”呼和浩特市元宵晚会；同年 9 月，举办了内蒙古自治区第二届农民丰收节。推出了《小镇印象》《恼包夜话》等 8 部弘扬本土历史文化和优秀红色革命故事的文学作品，极大地提升了恼包村的知名度和美誉度。为满足游客对吃、

观看演出的村民及游客

恼包村夜景

住、行、游、购、娱的需求，2017 年，恼包村集体筹资建设明清古典建筑风格的商业街、美食街、大食堂、农家民宿、传统四合院、休闲娱乐场所等，汇聚全国各地具有代表性的民俗小吃 100 余种，营造各具特色的餐饮环境，让游客充分领略来自大草原的民俗和美食。如今的恼包村掩映在湖光山色之中，处处彰显人与自然的和谐统一，以其独具特色的地域文化魅力和唯美的江南园林式风光，吸引越来越多的海内外游客前来观光游览、休闲度假，成为家喻户晓的"网红村"和旅游打卡地。相信随着时间的推移，恼包村的未来会更加美好。

游人如织

浩日彦艾勒嘎查：生态宜居新家园

浩日彦艾勒嘎查（又称王府屯）位于通辽市科左中旗花吐古拉镇西北部，北距孝庄园旅游区 1 千米，南临唐格尔庙，距通辽市中心 35 千米。穿过一片郁郁葱葱的绿色长廊，便走进浩日彦艾勒嘎查。这里的道路绿树成荫，清代风格的房屋古朴别致，庭院处处充满生机，向人们展示着这是一个美丽而宜居的村庄。

美丽村庄

浩日彦艾勒嘎查在前进的步伐中始终坚持生态优先、绿色发展，将生态文明建设作为乡村振兴的基础性工作，坚持以科学编制农村生态文明建设规划，一茬接着一茬干，一张蓝图绘到底。近年来，浩日彦艾勒嘎查“六横二纵”8条街路均实施了植树造林工程，栽植了柳树大苗、杨树大苗，同时对嘎查内和嘎查周边环境都进行了美化、绿化，在村东、唐格尔庙北、村部西、孝庄园南建设了4处采摘园，栽植各类花卉和水蜡、五角枫等绿化苗木。通过绿化、美化建设，嘎查的环境得到了有效改善。

庭院中绿油油的农作物

在乡村旅游建设过程中，浩日彦艾勒嘎查将文化与生态作为发展核心竞争力，依托旅游资源和交通优势，按照“春季赏花、秋季采摘”的发展思路，建设以锦绣海棠、沙棘、123苹果为主的嘎查集体经营生态经济林，林下间种荞麦等作物，实现了经济效益、社会效益和环境效益的同步发展。

浩日彦艾勒嘎查的南、西、北三面生长着距今已有300余年历史的古榆树林。以古树为依托，嘎查在春季开展以“榆钱”为主题的采摘节，吸引大量游客前往，既让游客体验了生态游的乐趣，又带动了当地旅游业发展，引领农牧民通过农旅经济实现了增收致富。

为村书记点赞

浩日彦艾勒嘎查的养牛小区

浩日彦艾勒嘎查是孝庄文皇后的出生地，也是蒙古族传奇英雄嘎达梅林的故里，具有源远流长的历史文化。浩日彦艾勒嘎查将孝庄园旅游区作为骨干景点，挖掘并保护各村社的历史文物、文化素材，建造民俗文化长廊及村史展示馆，开发具有少数民族特色的旅游产品，成功打造了独具浩日彦艾勒特色的生态民俗游览线路。

在发展生态养殖过程中，浩日彦艾勒嘎查以养殖小区为龙头，按照“一村一品、人畜分离、集中规模、分户饲养”的总体思路，采取“人畜分离”的养殖模式，规划建设了拥有牛舍、窖池、干草棚、看护房等设施设备的养牛小区。2019 年，养牛小区有养牛户 106 户，黄牛存栏 1100 头，其中基础母牛 850 头，实现了“养牛超千头嘎查村”的目标。与此同时，嘎查利用养殖小区的集中管理优势，引导村民种植玉米及青贮、紫花苜蓿，建设了以生产配方饲料为主的秸秆颗粒加工厂。为了杜绝粪水四溢、臭气熏天的旧景出现，养牛小

重温入党誓词

区还专门建设了粪便处理场和堆放秸秆处。

如今的浩日彦艾勒嘎查不仅是集节水农业、黄牛产业、新农村建设、节能环保、生态建设、文化旅游为一体的高标准示范村，还是花吐古拉镇打造生态经济双发展小镇的前哨兵。

浩日彦艾勒嘎查文宣队

从整洁的环境到古韵与现代结合的文化内涵，再到集民俗文化、旅游观光、生态采摘、乡村休闲体验为一体的多种发展模式，浩日彦艾勒嘎查孜孜不倦探索着绿色发展之路，一步步推动着乡村振兴。

浩勒图高勒镇：振兴后的“绿富美”

夏日的乌珠穆沁草原，水草丰美，空气清爽，记者走入浩勒图高勒镇的草原深处采访拍摄，亲身感受到了这片草原上脱贫攻坚后牧民的美好生活。如今，浩勒图高勒镇切实把实施乡村振兴战略作为决胜全面建成小康社会补短板、强弱项的重要举措，为乡村全面振兴战略打下了坚实基础，乡村牧区的发展如日方升。

浩勒图高勒镇的清晨

浩勒图高勒镇隶属于锡林郭勒盟西乌珠穆沁旗，区域总面积 3823.3 平方千米，下辖 1 个社区，22 个嘎查。截至 2019 年末，浩勒图高勒镇户籍人口 为 10568 人。牧业总数为 52 万头（只），其中大畜 4.8 万头、小畜 47.2 万只。2019 年，牧民人均纯收入达 27575 元，主要以畜牧业为主，旅游业和工业经济为辅。

浩勒图高勒镇根据优势特色产业、游牧文化、自然风光，结合乡村振兴战略，突出“一镇一品”，进一步明确了“12345”发展定位，即根据生态畜牧业和休

浩勒图高勒镇的羊群

闲文化旅游优势特色，将全镇发展定位为建设休闲牧业名镇；根据全区优质夏洛莱牛最大种群优势和全区特有旅游观光资源，打造白牛小镇和民宿小镇2个品牌；根据肉牛规模化优势、文化旅游优势和全国卫生城镇优势，努力以肉牛强镇、文旅强镇、人居强镇3个轮子，引领全镇牧区工作，深入推进乡村牧区振兴，努力实现宜居、宜业、宜游、宜养4个目标，形成肉牛、肉羊、文旅、种养、牧企互促等5个产业区。

钢巴特家的牧场

围绕生态文明建设和生态振兴战略，实行严格的生态环境保护制度，画好生态保护红线，坚持以草定畜，严格执行禁牧、休牧、轮牧和草

西乌珠穆沁旗

畜平衡制度，以草畜平衡区、固定打草场区、禁牧保护区、饲料补充区为重点，落实好第三轮草原生态保护补助奖励政策，加强草原鼠害防治，稳步恢复草原生态环境，实施山水林田湖草沙系统治理，建设美丽浩勒图高勒镇。围绕生态宜居建设，改善牧区人居环境，以片区模式、网格模式、河湖模式、公路模式为重点，落实以所在地为中心的片区长、浩特为中心的网格长、河湖为中心的河湖长和公路为中心公路长制度，形成环境整治网络化模式。2019 年，已有 22 个嘎查全部创建成为自治区级卫生嘎查。

发展民宿带动牧民收入

乌珠穆沁草原风光秀丽，草场资源丰裕，浩勒图高勒镇将自然资源丰富、游牧文化资源保护发展较好的风光区设定为休闲旅游产业区，将畜牧业、游牧文化和旅游业相结合，通过创建游牧文化体验区、牧人特色驿站、牧民民俗民宿等项目，拓宽牧民增收渠道；同时，依托 AAAA 级景区将周围牧户打造成文化特色民宿，组织游客到牧户体验式旅游，不仅提高了牧户收入，还带动了产业发展。

人才振兴是乡村牧区振兴的关键和基石。浩勒图高勒镇通过积极融入“锡林郭勒千里草原风景大道”，推进西乌珠穆沁旗“99 公里”游牧文化景观带项目，优化文旅产业布局，打造精品旅游路线，创建浩勒图高勒镇旅游品牌，积极培育一批具有开拓精神且懂旅游市场经营的文旅人才，助推乡村牧区振兴。“95 后”大学生乌音嘎，毕业后回到家乡西乌珠穆沁旗，通过互联网平台宣传西乌珠穆沁旗牧区的草原风光和风土人情，成为内蒙古头条号平台上大受欢迎的短视频创作者，并利用带货方式增加了当地经济收入。伊柠是脑干哈达嘎查的一名“90 后”大学生，2018 年返乡后将牧区的房子改成民宿，叫作不远民宿；2018 年下半年成立旅游合作社，通过带动浩勒图高勒镇以 13 个民宿和景区为中心的旅游黄金线

乌音嘎

路，每年旺季旅游收入达到 20 万元以上。此外还有宝音、毕力格等文化旅游人才，敖日格勒、都仁、哈斯巴特尔等新型职业牧民以及其木德、乌日嘎等进城创业人才。

巴拉嘎尔高勒嘎查党员中心户温都日玛开展“一季度一主题”活动

现在的浩勒图高勒镇，振兴成果显著，2018 年被评为全盟、全旗人居环境整治示范镇；2019 年实施“十县百乡千村”示范创建工程；2020 年被评为全国卫生城镇；2021 年入选全国农业强镇创建名单，被评为“中国一乡一品”产业促进计划示范创建基地和全区第一批“一乡一品”肉牛产业示范镇。从脱贫攻坚到乡村振兴，从解决温饱到实现共同富裕，浩勒图高勒镇紧抓特色产业发展、生态文明建设、生态宜居建设，展示给大家的不仅仅是长郊草色绿无涯，更是丰年人乐业的场景。在振兴的道路上，浩勒图高勒镇奋力迈向“绿富美”，用实际行动描摹出我国现代化新农村牧区的模样。

脑干哈达嘎查

真情实干赢民心

——记新巴尔虎左旗罕德盖苏木诺门罕布日德嘎查第一书记张艺峰

采访张艺峰书记是在一个阴雨天，电话联系他时，还担心他会因为天气原因推辞此次采访，然而他刚结束工作后便冒雨从旗里赶到了他曾经的扶贫点——诺门罕布日德嘎查。

第一书记张艺峰

在诺门罕布日德嘎查，张艺峰有一处临时租用的办公室。那是两间面积不足20平方米的房子，里间用来办公和休息，外间是厨房。简易的床铺、陈旧的办公桌椅、最基本的锅灶用具，无一不诉说着这位扶贫书记的质朴生活。

张艺峰原先在旗人大工作，2016年他带着旗人大的重要嘱托和扎根基层、无

张艺峰帮居民简介政策

私奉献的初心，来到诺门罕布日德嘎查，开始了他第一书记的征程。

诺门罕布日德嘎查地广人稀，牧民居住比较分散。在这儿工作的三年时间里，张艺峰跑遍每一片草原，踏进每一座毡包，充分了解牧民生产生活状况和实际诉求，积极为他们排忧解难，带领他们脱贫致富，成为牧民心中最贴心的书记。

张艺峰初到诺门罕布日德嘎查那年，嘎查遇到前所未有的大旱，牲畜价格持续走低，牧草价格飞涨且供应严重不足，嘎查牧民心急如焚。为解决牧民的困难，张艺峰向旗人大常委会汇报后，紧急组织人大机关全体职工筹资28000元，为嘎查牧民购买饲草，解决了牧民的燃眉之急。

为嘎查牧户接通常用电

刚嘎牧仁是一位贫困牧民，他与患病的母亲相依为命，因家里没有牲畜，在旗里租房居住，生活十分拮据。张艺峰书记了解到他们家的情况后，立即向旗人大领导做了汇报。在旗人大领导的协调下，刚嘎牧仁在旗农业银行当了一名保安，农业银行除了支付工资，还负责为他缴纳五险一金，

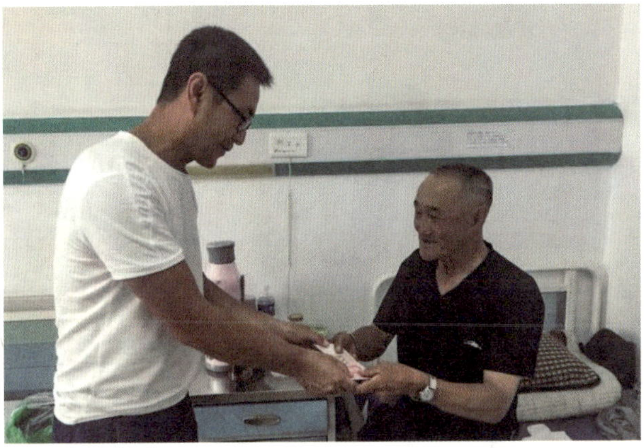
张艺峰送慰问金

由此刚嘎牧仁一家的生活有了基本的保障。

有一年春季，张艺峰在走访牧户时发现，建档立卡户吉巴特尔家因大风天气担心引发火灾，多日来一直不敢生火做饭。于是他与帮扶单位联系，为这家人送来了价值650元的液化气炉灶。

张艺峰到牧民额日和木夏季居住的棚车时，看到棚车因没有纱窗而无法开窗户，就自己出资为其订做了3个纱窗。

张艺峰的扶贫工作中有很多暖心的故事。虽然这些故事并不轰轰烈烈，却因真情实意打动着每一个人。

嘎查牧民说："嘎查的每个角落都能看到我们张书记忙碌的身影。"

是啊，因为他的忙碌，嘎查牧户接通了常用电；因为他的忙碌，嘎查新打了20眼机井，人畜饮水安全得到了保证；因为他的忙碌，那些建档立卡贫困户的住房问题得到了解决；因为他的忙碌，贫困学生因申请到助学扶贫资金而顺利入学……

张艺峰送牧民看病

在帮扶贫困家庭的过程中，张艺峰深刻认识到，"输血"式扶贫只能解决燃眉之急，只有实施"造血"式扶贫，才能彻底解决嘎查贫困人口的生计问题。于是，他与工作队及嘎查两委积极拓思路、想对策，加强与市直、旗直相关部门的沟通协调，争取项目和资金支持，发展集体经济，从根本上解决嘎查贫困人口的脱贫问题。

张艺峰在办事大厅了解情况

通过多方筹集资金，张艺峰为牧民修建棚圈，购买产值更高的西门塔尔牛发展集体经济，并从每年的盈利中拿出一部分用来给建档立卡户分红。这样一来，不仅让养牛户增加了收入，也让贫困户的生活有了保障。

张艺峰带贫困户宝音德力格尔参加分房会议

2019年初，新巴尔虎左旗顺利脱贫摘帽。同时，张艺峰也顺利结束了他的扶贫工作，在另一个岗位开启了新的人生。然而当他回首这片用汗水和真情浇灌的草原时，依然满怀深情，同样这里的牧民也一定不会忘记他曾经忙碌的身影。

绣出幸福新生活

——记兴安盟科右中旗图什业图王府刺绣产业扶贫模式

兴安盟科右中旗图什业图王府刺绣起源于清代，是图什业图地区一直传承的风格独特的蒙古族传统美术技艺。其做工细腻、独到，讲究针法及纹路，艺术性地展示出图什业图地区的历史与文化，再现了科尔沁文化的精粹，具有鲜明的地域特色，是当地独具魅力的艺术瑰宝。

图什业图王府刺绣传承人

2009 年，图什业图王府刺绣被列入第二批内蒙古自治区级非物质文化遗产名录。图什业图王府刺绣用料讲究、款式多变、色彩和谐、工艺复杂、精工细制，具有较高的知名度和美誉度，曾三次代表内蒙古参加全国性的展览活动，并在内蒙古自治区成立 70 周年大庆兴安盟文创大赛中获得金奖。

王府刺绣车间培训

在科右中旗人大常委会主任白晶莹的带领下，科右中旗大学生创业就业扶贫服务协会和祥瑞刺绣扶贫服务有限责任公司，通过“企业＋协会＋基地”的发展模式，以产业扶贫为基础，以产业发展为导向，为当地农村牧区贫困妇女开启了一条致富之路。2019 年，科右中旗大学生创业就业扶贫服务协会共有 50 人，全旗从事王府刺绣产业的农牧民达 2.1 万人，共培养出一级绣工 1300 人、二级绣工 5000 人、三级绣工 8000 人，打造出全旗 52 个刺绣产业村，在全国各地铺开 37 个销售网点。2018 年，图什业图王府刺绣产业的销售额达 825 万元，全旗 2895 名贫困户年平均增收 2000 元。

2018 年，图什业图王府刺绣产业发展喜人。先是与长沙骄阳湘绣厂合作，免费举办了 12 天的湘绣培训班，全旗 12 个苏木镇、3253 名刺绣爱好者参加学习，其中建档立卡贫困户 1770 人，占总培训人数的 54.4%。之后，与深圳非遗生活文化产业有限公司开展合作，签订了两年采购销售额达 2200 万元的协议，有效打造了图什业图王府刺绣作为非遗传统工艺的品牌形象。通过此次合作，图什业图

王府刺绣博物馆

图什业图王府刺绣

王府刺绣产品亮相巴黎国际服装服饰采购展及意大利米兰时装周、中国国际时装周、第六届中国公益慈善项目交流展示会，实现华丽转身，走向国际舞台。与内蒙古自治区传统工艺工作站签订协议，在科右中旗设立内蒙古自治区传统工艺站科右中旗分站。与内蒙古展览馆合作后，内蒙古展览馆在其传统工艺馆提供一层展厅，专为王府刺绣展示展销，提供传习、培训、研讨、交流的空间。精心打造图什业图王府刺绣文化博物馆，总投资600万元，建筑面积2300平方米，藏品1072件。同时，图什业图王府刺绣入驻科右中旗金狮购物商场，面积500平方米，成为图什业图王府刺绣在旗内最大的实体销售网点。图什业图王府刺绣绣工的作品《芍药绽放》，被深圳非遗生活文化产业有限公司作为礼品赠送给了马耳他驻华大使，获得了很高赞誉。

培训刺绣产品制作及设计

图什业图王府刺绣产品有儿童系列（山丹花图案）、中年系列（夕颜花图案）、老年系列（寿桃图案）、

培训刺绣妇女

庆典系列（玫瑰、牡丹图案）、民族系列、家居系列、办公系列等，其中以刺绣框画、刺绣被褥、绣花桌旗、绣花羊绒围巾、保健枕头为典型代表。

2019 年，图什业图王府刺绣继续加强刺绣人群培养实训以及刺绣工艺保护传承、设计、研发、成果孵化、展示、品牌导入、市场推广，加速传统非遗的转型升级，计划培训绣工 16000 人，其中一级绣工 3000 人、二级绣工 8000 人、三级绣工 5000 人。在刺绣产品精细化、时尚化、多元化的基础上开发新产品，持续开拓市场，加强品牌导入，继续打造图什业图王府刺绣销售网点，在精准扶贫新模式下将图什业图王府刺绣打造成为精准扶贫的富民产业和民族文化旅游的“金字招牌”。

给建档立卡贫困户手把手交刺绣技术

悠悠扶贫路　寸寸暖人心

呼和浩特市优秀驻村第一书记那顺

“扶贫工作要用真心，不能有任何杂念，同事们都说我是工作狂……可我始终觉得我的时间不够用。”呼和浩特市清水河县宏河镇范四窑村的第一书记那顺在接受本刊记者采访时如是说。

2014 年 9 月，那顺被呼和浩特市委组织部选派到宏河镇范四窑村担任第一书记。范四窑村位于宏河镇政府驻地西北 5 公里处，地处黄土高原丘陵沟壑区，辖区 12 个自然村，总面积 41 平方千米。那顺刚来这里的时候，全村建档立卡贫困户有 124 户，共 266 人，到 2019 年 10 月已经全部脱贫。在此期间，那顺的扶贫工作成效显著。5 年来，他始终以身作则，不辞辛劳地为村民做实事。

村民张进才身患疾病，生活得非常艰难，得知情况后，那顺去他的家中慰问，了解具体的家庭情况，用自己力所能及的方式帮助张进才，不仅为他送去药品，还陆续为其购置了轮椅、拐杖和护理垫。张进才的生活有了那书记的关照，灰暗的日子终于照进了阳光。

村民王换梅的丈夫因烧伤严重而花费掉十几万元医药费，这使得他们这个原本就不富裕的家庭更加喘不过气来。那书记知道后，不仅帮助他们在家开办豆腐坊，为了打开销路，还帮他们在微信上进行宣传，并将全村贫困户家中的各类产品带到市里，送到买家手中。自家产品都卖出去了，村民们更有干劲了。

给帮助干活的村民发放报酬

“我们村常住人口平均年龄60岁以上，关心照顾这些老人是我们驻村扶贫干部的责任和义务。”那书记这样说。75岁的王美女身体不好，生活很困难。她想去地里干农活儿赚钱，可村里没人愿意让她帮忙。于是那书记就让她在自己的农地干活儿，无论做多做少都与其他人享受同样的待遇——每天100元工钱。王美女说她干活儿慢，每天给她50元就够了。但那书记仍坚持这样做，王美女对于那书记的帮助深记于心。那年入冬前，那书记办完事情回家，发现自家门前放着一捆柴，以为是其他村民暂时放在这里的，可是两天过去了，这捆柴还是静静地躺在家门口。那书记忽然觉得这可能是村民送来的，但始终没找到送柴火的“主人”，后来有人悄悄告诉那书记，这些都是王美女一点儿一点儿捡来的。那书记对于村民们的照料，村民们都记在了心里，他们早已变成了一家人。

对于范四窑村的扶贫工作，那书记细致入微、面面俱到、对症下药。范六小

那顺开办的“扶贫爱心超市”

是村里的养殖大户，5 年前他家中仅有十几只山羊，但由于人工割饲料的速度太慢，制约了发展步调，于是那书记给每家每户安装了铡草机，使村内养殖户劳动力大大增强，之后又将山羊逐渐替换成市场需求量更大的绵羊。从小户散养、人工粉碎饲料发展成为规模化养殖、机械化作业，村子的养殖业逐渐发展起来。为了培育农民的内生动力，实现持续增收，那书记带头试验种植藜麦 30 多亩，又带动群众种植藜麦 600 多亩，每亩收入达到 5000 元左右。他不仅用争取来的政府资金购买了脱粒机、碾米机、抛光机、真空包装机等设备，还开办了集体米面加工作坊，解决了群众种植藜麦的后顾之忧，为培育藜麦种植这一增收产业发挥了重要作用。

那顺书记所做的还远不止这些。他在自己的住处开办了一个“扶贫爱心超市”，接收社会爱心人士捐助的物品，并将其免费发放给有需求的贫困村民。他在院子里开辟了一块“扶贫爱心小菜园”，将收获的黄瓜、茄子、西红柿、辣椒、萝卜等都免费送给贫困户、五保户以及丧失劳动能力的村民。他还举办了两次摄影作品义卖活动，将所筹得的 6 万元款项全部用于扶持贫困户。

那顺第一次参加孩子的家长会

“驻村扶贫工作 5 年多来，我从没有接送孩子上下学，更没有去参加过家长会。

孩子的同学说她是没有爸爸的孩子。今年9月我第一次去接孩子，见到了很多同学，孩子特别开心。”那书记看似轻松的一番话，却让我们看到了压在他心上的石头。扶贫工作需要他，范四窑村的村民需要他，他肩上的责任重大，只能为大爱舍小爱。

5年时间里，那顺书记访贫问苦，为民解难，过程并非一帆风顺，但无论

那顺书记的“扶贫爱心小菜园”

多苦多难他都坚持自己消化，抬头永远以笑容面对村民。就是这样的那书记与千千万万的扶贫干部带领群众决战贫困，用实际行动告诉村民再难都有希望，国家永远是我们的后盾。几年的时间，乡村的房子坚固了，道路畅通了，村民的收入也增长了，贫困地区越来越少。2020年是脱贫攻坚的收官之年，在扶贫干部的带领下，范四窑村全体村民满怀信心地走向小康社会。

第一书记都林的扶贫之路

第一书记都林

自决战决胜脱贫攻坚战开展以来，呼伦贝尔市新巴尔虎左旗陆续涌现出许多优秀的扶贫干部，他们奋战在扶贫一线，不畏艰辛劳苦，为脱贫攻坚工作顺利推进奉献着自己全部的精力和力量。今天让我们认识其中的一位——都林书记。

2015 年，在新巴尔虎左旗纪委监察局工作的都林被派到敖伦诺尔嘎查担任党支部第一书记。敖伦诺尔嘎查位于新巴尔虎左旗新宝力格苏木辖内，是一个以养畜为主的纯牧业嘎查。都林到任时，嘎查 196 户牧民中，10 户为建档立卡贫困户，26 户为低保户，其中残疾人 29 人，是全旗脱贫攻坚的重点嘎查。

芒来一家一直以畜牧为生，但由于一场雪灾，遭受严重的损失，而后被列入建档立卡贫困户的行列中。2015 年，都林书记和嘎查两委不仅帮他们解决了 60

都林书记在牧民家

平方米的住房问题，还给他们建造了120平方米的过冬暖棚，同时为他们申请了生活、生产、教育等相关扶贫资金。

在都林书记的眼中没有大事和小事的区别，不论牧民有什么困难，有什么诉求，嘎查需要解决什么问题，他都会详细记录在工作日志里，并且认真思考解决问题的办法。

巴力金一家是建档立卡贫困户。巴力金与高玉臣一起生活了20多年，却一直没领结婚证。为了更好地享受相关的扶贫政策，都林协调有关部门帮助他们领取

巴力金一家与都林

工作中的都林

了结婚证，并把高玉臣的户口也迁到了敖伦诺尔嘎查。2017 年，都林组织干部职工为巴力金一家捐款，购买了160 只鸡雏、2 头猪崽。有了饲养和易地搬迁产业发展资金，如今巴力金一家的生活得到了极大的改善。

生于斯长于斯的都林书记，热爱这片草原，更加热爱这里的人们。在 5 年的扶贫工作当中，他四处奔走，协调资金，为贫困户打机井，建标准暖圈和集中储草库，为牧民提供免费储草服务，提高其抗灾能力。为了壮大嘎查集体经济、发展特色原生态、乡村旅游文化产业，都林书记积极与区内外多家大型采购商、加

都林与牧民沟通情况

工企业以及优秀的牧业合作社合作推销呼伦贝尔草原有机生态羊肉，让牧民增收致富。

敖伦诺尔嘎查

如今，敖伦诺尔嘎查已建起马产业、旅游产业、原生态和养殖产业等 4 个产业基地，通过开办乡村游、生态游、民俗游，建立吃、住、游、购、娱的完整体系，已逐渐形成“巴尔虎文化游”特色品牌，嘎查 8 成以上牧户已加入致富产业链条。现在，敖伦诺尔嘎查已成为内蒙古自治区新农村新牧区示范点和自治区民族团结进步示范单位。

腾克镇：奋力迈向兴旺发达的美好生活

在广袤无垠的内蒙古草原，嫩江流域的西岸，坐落着一个达斡尔族民族乡镇——腾克镇。“腾克”系达斡尔语，意为“兴旺发达”。这里拥有淳朴的民风民情，人们对自己的家乡充满了浓厚的热爱。

腾克镇距莫力达瓦达斡尔族自治旗北偏东 55 千米，地处大兴安岭南麓，地势北高南低，北部是坡度较大的低山丘陵地带，南部是嫩江冲积的河套平坦区。全镇总面积 1560 平方千米，辖 1 个社区、16 个行政村，其中包括 7 个少数民族村，是一个以达斡尔族为主体的少数民族乡镇。截至 2018 年末，腾克镇总人口为 14612 人，其中达斡尔族 4187 人，占 29.2%。

推进乡村振兴，要加快发展乡村产业，以自然环境优势促地方经济发展。近几年，腾克镇着力于新农村建设。例如，抓好特色产业示范基地建设，围绕发展玉米、高油大豆种植业增收增效。进行农牧产业升级，提高农牧业现代化程度。通过项目资金整合新建特莫呼珠村、伊兰台村养殖小区基地，做大做强已建成的巴卡哈里、宜斯坎等村养殖小区，引进优良畜种，重点发展肉牛、肉羊养殖，增加养畜户的经济效益。此外，腾克镇还将食用菌作为扶贫主打产业，采取“公司 + 专业合作社能人 + 基地 + 贫困户”的模式，与莫力达瓦达翰尔族自治旗山野灵芝绿色食品有限责任公司合作，成立腾克村食用菌生产基地，培育灵芝、猴头、木耳、蘑

达斡尔族村民采摘柳蒿芽

腾克镇中心学校的学生在进行曲棍球比赛

菇等食用菌。基地以入股分红的方式吸收腾克村贫困户就业，实现了村有产业支撑、户有入股分红。

充分利用传统文化资源等得天独厚的优势开发民俗旅游，是腾克镇的又一经济腾飞之翼。在历史的长河中，达斡尔族留下了许多优秀的传统文化，其中包括以神话、传说、民间故事、谚语、谜语、祝赞词等为代表的民间文学作品，流传在达斡尔族民间的一种吟颂体韵律诗“乌钦”，围绕篝火的集体舞蹈“鲁日格勒”以及达斡尔族必不可少的体育项目曲棍球等。腾克镇在发展过程中始终不忘传承发扬传统文化，积极举办艺术节、昆米勒节，并多次成为呼伦贝尔市杜鹃节分会场，打响了腾克镇民俗生态旅游的名号，有力地促进了地方经济发展和传统文化挖掘工作。

腾克镇已经被呼伦贝尔市列为五彩呼伦贝尔旅游的站点之一，现有怪勒哈德景区、达斡尔族民俗村及陈列馆等景点。在达斡尔族民俗村中，坐落着一些特殊的房子，以土坯或土垡为墙，里外抹几道黄泥，房顶苫房草，这是达斡尔族的特色民居。达斡尔族民俗文化陈列馆便藏匿其中，里面珍藏着与达斡尔族息息相关

腾克镇全景图

的205件老物件，每一件老物件背后都蕴藏着达斡尔族传统文化。在民俗村内，还有达斡尔族特色餐饮、垂钓以及非遗民族歌舞表演、民族节庆活动等。这些都吸引着大量游客前往体验达斡尔族民俗游，感受不同于城市的生活节奏，了解达斡尔族的民俗文化。现在这里已成为自治区级乡村旅游示范点。

达斡尔族民俗活动

腾克镇果真如它的名字那样，从人口稀少的迁移村落发展成为如今多产业协同发展的美丽乡镇。腾克镇不仅依靠地形资源发展农牧产业，还根据自身历史文化发展文化旅游，努力宣扬中华传统文化，促进经济发展。

实施乡村振兴战略，是以习近平同志为核心的党中央从党和国家事业全局出发，着眼于实现“两个一百年”奋斗目标，顺应亿万农民对美好生活的向往，对“三农”工作做出的重大决策部署。腾克镇积极利用得天独厚的区位优势和自然资源，把生态民俗旅游作为特色主导产业来抓，不断加大开发建设力度，这样的发展成果让在这里生活的每个人都尝到了乡村振兴带来的最甜美的果实。

道洽扶助，泽润山村

——记清水河县五良太乡青豆沟村驻村第一书记云文俊

清水河县五良太乡青豆沟村驻村第一书记云文俊

2018 年 3 月 28 日是云文俊奔赴脱贫攻坚“战场”的日子，也是他被市委组织部精准选派到清水河县五良太乡青豆沟村，担任驻村工作队队长、第一书记的第一天。

在走访过程中，云文俊总结了“三个最”的工作方法：在村民“最盼”上赢民心，在“最想”上用真情，在“最需”上办实事。与村民打成一片是当好第一书记的立身之法。三年来，经过云文俊的努力，由呼和浩特警备区和社会资金共同捐资建造的一座 960 平方米的二层办公楼拔地而起。会议室、青村驿站、农畜防疫站、电商超市、便民浴室、村民食堂等应运而生；村史馆、监委会、妇联、卫生室等井然有序，一座现代化的村委会办公楼在云文俊驻村期间建成。正是在云文俊的努力下，驻村工作队队员与村“两委”成员和村民的关系日渐融洽，党组织凝聚力进一步增强，

被绿色生态环抱着的青豆沟村

战斗堡垒作用得到有效发挥。在 2020 年 8 月全区民族团结进步“示范村”评比中，青豆沟村以优异的成绩被评为 2020 年全区民族团结进步“示范村”。

七墩窑和波波代是青豆沟行政村辖区内两个地处偏远、人口最少的自然村，云文俊和驻村工作队队员通过实地考察调研，为七墩窑争取到进村道路硬化工程项目资金 105 万元，为波波代争取到自来水配套工程项目资金 47 万多元。2019 年 11 月 20 日，通过多方筹款，云文俊亲自带领水文专家，用先进仪器多点测量，经过科学论证，终于找到水源，打破了 50 年来波波代自然村没有地下水资源的定论。该村告别了祖祖辈辈为吃水起早贪黑深入沟底排队、靠驴驮肩挑取水的艰难时代。面对村委会没有取暖设施和办公条件差的情况，

云文俊向村民解读扶贫政策

云文俊不等不靠，积极协调市级帮扶单位呼市警备区出资5万，驻村工作队队长派出单位——呼和浩特规划局出资10万元，“百企联百村”帮扶单位——鄂尔多斯银行呼市分行出资3万元帮扶资金，为青豆沟村委会建起了锅炉房和“党群活动之家”。锅炉采用新型节能环保型锅炉，配套启用，彻底改变了村委会过去由于无法取暖，一到冬季就“关门停业”的状态，使村“两委”班子安稳、安心地开展工作，扭转了驻村工作队队员驻村难的困局。

云文俊经常光顾小超市，鼓励刘白小树立起生活的信心

刘白小，57岁，康堡村村民，因遭遇车祸导致下身瘫痪，生活不能自理。看病花费了二三十万元，新年将至，外债压得家里揭不开锅。云文俊刚到任没几天，就开始帮助他家解决燃眉之急。先是安排刘白小的妻子去村委会当保洁员，每个月收入300元；之后安排刘白小任防火宣传员，年薪3600元。2018年底，云文俊又帮助刘白小贷了5万元无息款，将村委会的电商超市无偿地提供给他做烟酒副食生意。全村首家残疾人运营的小超市让刘白小树立起生活的信心。从苦闷中解脱出来的刘白小不仅每年收入1万多元，还给村民生活所需带来了便利。2020年春天，北方遭受百年不遇的大旱灾。一大早，云文俊紧急召开抗旱会议，研究对策，组织村民维修水利设施。会后他开车奔波在联系抗旱物资的路上，及时争取抗旱水桶30多个、消防水管一大卡车，保证了村民不失时机地引水浇地，浇窝抢种，让村民的利益没有遭受任何损失。

张二何刚刚出生6个月的孙子，因为营养不良、体质虚弱而哭闹不止。云文俊知道以后，主动承担起这个孩子哺乳期的全部奶粉供应。他的朋友听说后，专程来看望张二何一家，送来一辆价值1000多块钱的婴儿车以及玩具、文具、食品、衣服。张二何的病也通过三甲医院的专家来村里义诊得到了有效控制。之前村里的卫生室只有40多平方米，云文俊来了之后盖起了村委会办公楼，给卫生室安排了4个房间，还安装了暖气，完善了医疗条件。为了解决村民就医难的问题，云文俊经常联系市级三甲医院的专家来村义诊。

云文俊访贫入户，对基层工作从陌生到熟悉，让他与乡村这片黄土地结下了不解之缘

云文俊还发明了电子“明白卡”。电子“明白卡”的特点是美观实用、照片清晰、字迹规范、查看轻松、信息完整、更新快捷。他在填写和计算“收入测算表”

时发现填写烦琐、逻辑关系复杂，很容易出错，于是发明了电子“收入测算表”，并与电子“农户(贫困户)信息采集表”进行关联，做到了一键输入、自动运算和全表关联、自动录入。电子“收入测算表”的开发与应用，极大地减轻了村“两委”和驻村工作队队员的劳动强度，降低了出错率，使信息更易修改和保存，统计更加便捷。云文俊与村委会还帮助村里成立了多家农业合作社、科技示范园及十几个鱼塘，并帮助他们发展壮大产业。

云文俊向村民介绍国家政策

2019年，青豆沟村被清水河县委、县政府评为“优秀基层党组织”和“文明村”。云文俊被自治区组织部评为“全区党员干部现代远程教育优秀标兵”。正当云文俊在青豆沟如火如荼地开展工作之际，由于机构改革，合并后的派出单位领导希望他回单位任职。然而在村民们的挽留下，云文俊最终决定留下来，他要与村民们共创美好未来！

精准扶贫在边境

易地扶贫搬迁、蔬菜大棚、健康扶贫、民族刺绣、专业合作社……一大批量身定制的脱贫项目，让乌拉特后旗贫困的农牧民找到了挣钱致富的路子。

产业脱贫

乌拉特后旗位于内蒙古自治区西北部，是内蒙古自治区 19 个少数民族边境旗县之一。自实施精准扶贫政策以来，全旗 50 个嘎查村瞄准脱贫方向与路径，将“六个精准”“五个一批”全部落实到位，充实驻村工作力量，明确驻村工作职责，督促帮扶责任落实，组建精干工作队引导贫困群众靠自己、靠勤俭、靠政策、靠

合作社带动脱贫

贫困户学习毡绣

科技、靠教育，树立脱贫志向，提升内生动力，全方位“授之以渔”，脱贫攻坚工作走在了巴彦淖尔市前列。

牧民新居

截至 2018 年底，乌拉特后旗建档立卡贫困人口 388 户 842 人已经全部脱贫，8 个嘎查村已全部退出贫困序列，脱贫攻坚战首战告捷。

苏里格嘎查：奋斗中送走岁月 实干中铸就辉煌

展开中华五千年的历史长卷，我们能感受乡村“借问酒家何处有，牧童遥指杏花村”的安宁；能体味乡村“采菊东篱下，悠然见南山”的闲适；能领会乡村“儿童散学归来早，忙趁东风放纸鸢”的和乐。进入新时代，乡村更是承载中华农耕文明之主线，乡土文化之精髓。我们必须牢固乡村经济之基，传承民族精神之风，维护乡村生态之美，守望乡村文化之根。

苏里格天然牧场

鄂托克旗苏米图苏木苏里格嘎查办公室

苏里格嘎查位于鄂尔多斯市鄂托克旗苏米图苏木西南部，总面积40.1万亩，下辖8个牧业小组，共有农牧民171户、472人，是一个以畜牧养殖产业为主导、天然气服务产业为辅助、文化和旅游产业为突破的多元化经济发展地区，拥有中国陆上最大整装气田苏里格气田。苏里格嘎查通过创办农牧业合作社、建设枣园基地等方式，发展壮大集体经济，集体年收入达到1.5万元，农牧民年人均纯收入达到1.32万元。嘎查党支部共有党员37名，已建成面积1200平方米的活动阵地，功能完善、配套齐全，属全旗一类基层党组织。

苏里格嘎查文化底蕴深厚，人才辈出，是著名歌唱家腾格尔的故乡，著名的旅游景区苏里格庙坐落于此，闻名于世的苏里格气田也是以此地命名。近年来，苏里格嘎查在苏木党委、政府的坚强领导下，深入贯彻落实科学发展观，坚持发展为第一要务，抢抓发展机遇，全面实施人口转移、生态自然恢复、草畜平衡、季节性休牧，加强生态建设和保护，强化农牧业产业结构调整和基础设施建设，发展文

著名歌唱家腾格尔为家乡人献艺

苏里格天然牧场

化旅游业，使全嘎查牧民收入有了大幅提高。通过实施畜种改良工程，苏里格嘎查引进新品种肉羊 150 只、新品种肉牛 10 头，牲畜改良率达到 50%。通过实施节水灌溉工程，嘎查 2000 亩灌溉饲草料基地实现了以管灌、喷灌、膜下滴灌为主的节水灌溉。通过调整种植结构，树立“为养而种”的理念，全嘎查灌溉饲草料地优质牧草种植面积达到 1000 亩。通过加强草原环境保护，大力实施退牧还草、公益林、植被自然恢复等生态项目，全嘎查植被覆盖率达到 60%。此外，依托中央财政支持现代农业肉羊生产发展项目资金，全嘎查建成标准化羊舍 25 处，面积达 5500 平方米，牧户的养殖设施得到极大改善。农牧民收入不断增长，2015 年苏里格嘎查常住居民人均可支配收入达到 13200 元。

近年来，嘎查党支部充分发挥核心引领作用，积极探索推行“支部 + 合作社 + 公司 + 牧户”的党组织设置模式，并借助鄂托克旗舒利格牧业专业合作社、鄂尔多斯市绿丰源农牧林有限责任公司等资源，推进养殖小区、优质牧草基地、

丰收的喜悦

节水灌溉、机械化作业等产业链优化发展，有效提升农牧民组织化程度，构建起“支部协调引路、合作社全程服务、公司开拓销路、农牧户增收致富”的发展新局面。目前，苏里格嘎查已建成养殖小区 1 处，牲畜存栏数达到 1.32 万头（只），年出栏数达到 0.28 万头（只）；打造优质牧草基地 1000 余亩，年出产优质草料 500 吨；安装使用大中型喷灌机 17 台，组建农机服务队 1 支，大大提升了全嘎查的生产水平，产生直接经济效益 60 多万元。同时，苏里格嘎查党支部坚持发展壮大优势产业，建成枣园基地 140 亩，种植红枣树 11000 棵，形成了嘎查经济新的增长点，有力推动了嘎查集体经济发展。注重特色产业发展，建成面积 1000 平方米的集住宿、餐饮、健身和旅游为一体的新型牧民文体活动

牧民展示雕刻作品

搏克选手

中心1个；培育牧家乐10处、牧民文艺队1支、文化户5户、乡土文艺人才6名，并依托辖区文化旅游资源，定期组织开展庙会歌会、农牧民那达慕大会、文艺会演、体育健身、书画摄影等传统民俗和文化娱乐活动，打造出一条集牧区文化大餐、牧家乐度假、腾格尔家展等为一体的草原旅游精品线路，实现了文化和旅游产业新的突破。

赛马

上面千条线，下面一根针。乡村是国家治理体系的“神经末梢”，只有将乡村振兴渗透乡村的每根毛细血管，乡村才能够真正走上致富之路。相信用“治理有效”为“产业兴旺”“生态宜居”“乡村文明”“生活富裕”持续提供坚实支撑，广袤乡村必然保持和谐有序，焕发勃勃生机。

阿日毛道嘎查：耕耘更知韶光贵

民族要复兴，乡村必振兴。推进农业产业化，绘就产业振兴“画卷”。阿日毛道嘎查始建于1959年，是阿拉善右旗最早成立的嘎查之一，位于巴丹吉林镇西北部，总面积2939平方千米，其中林地面积185万亩，可利用草场面积194万亩，地貌以山地、沙漠、戈壁为主，现总人口271户、617人，主要有汉、蒙古两个民族。

别墅住宅区

阿日毛道嘎查大力实施惠民工程，累计投入800多万元实施农牧民文化活动中心、文化广场、居住区环境整治、电力线路架设、通村公路建设、节水灌溉等项目，进一步改善水、电、路、信等基础设施。深入推进“北疆基层党建长廊”

建设，建成120平方米的党员活动室，实现标准化配置。阿日毛道嘎查被评为“十星级嘎查村”。

阿日毛道嘎查办公区

通过“党支部＋合作社＋党员＋农牧户”联营同富的模式，阿日毛道嘎查将其厚重的文化底蕴、独特的民俗风情与现代生态旅游融合发展，推动供给侧结构性改革，形成崭新的四大产业。一是文化旅游产业：扩建阿日毛道嘎查蒙古风情民俗村寨，投资450万元建成赛马赛驼场地，建设射箭场、摔跤场、文化长廊等基础设施，建成3000平方米的景观湖，扩大绿化面积至8000平方米，并配套建设休闲农家乐，通过发展垂钓、骑乘等特色休闲旅游项目，吸引旗内外游客观光旅游，增加农牧民收入。二是观光采摘业：以采摘为特色，打造1.4万平方米的集生态、观光、休闲、科普、示范五位一体的蔬菜水果采摘园；扶持农牧民建成300平方米的高效日光温室，实现生态科技农业和观光旅游有机结合，促进当地经济发展、农牧民致富“双丰收”。三是沙产业：将肉苁蓉、锁阳、甘草种植等

大漠先锋典型事迹宣讲会

驼奶加工厂

作为农牧区禁牧后推进经济结构优化调整的主渠道，创办沙产业合作社 3 个，从事沙产业发展的农牧民有 12 户、40 人，每年通过人工种植梭梭、肉苁蓉，实现人均增收 2000 元。四是特色养殖业：以骆驼产业科技园为依托，培育奶驼养殖户 3 户，饲养挤奶母驼 60 峰，年驼奶产量 10.8 吨；加大招商引资力度，扶持舍饲养殖，做大做强以优质草原鸡、有机牛羊肉等为主的绿色农畜产品特色品牌；延伸产业链条，建立家庭农牧场 7 个。

采用吸奶机吸驼奶

阿日毛道嘎查坚

驼乡盛会

持完善乡村产业发展机制体制，例如市场机制、利益联结机制以及长期稳定的供应链机制等，以保证产业的延续性和稳定性，将乡村振兴与巩固脱贫攻坚成果有效衔接，筑牢产业发展的基础，提升产业扶贫的成效，谱写乡村振兴的新篇章。

少数民族服装加工

手工艺传承银匠

征程万里风正劲，重任千钧再出发。乡村振兴是时代发展的必然要求，是党和人民的共同期盼，唯有振兴乡村产业，强化人才保障，才能巩固好脱贫攻坚的成果，实现更高质量、更有成效的乡村振兴，为全面建成社会主义现代化强国筑牢基础。

百灵庙镇黄花滩新村：共建美丽乡村，共享美好生活

走进达茂旗百灵庙镇黄花滩新村，映入眼帘的是一排排整齐划一的新居，村内的道路笔直宽阔，房屋外墙上“讲文明，树新风”的3D宣传画，让人感到了浓浓的文化气息。健身广场上，不少村民正在锻炼身体……幸福、快乐洋溢在每一个人的脸上，一幅欣欣向荣、生机勃勃的新农村画卷展现在人们面前。黄花滩新村是内蒙古包头市达茂旗百灵庙镇的一个行政村，这里环境整洁，空气清新，旅游资源丰富，被喻为百灵庙镇的“后花园”。该村先后获得内蒙古自治区新农

黄花滩村鸟瞰

村新牧区建设示范村、包头市“十个全覆盖”高标准示范村、包头市文明村镇、中国最美休闲乡村、内蒙古自治区生态乡镇等荣誉称号。

村民居住区

百灵庙镇黄花滩村地处百灵庙镇东南，省道104线东侧，距百灵庙镇仅有8公里，总面积约3.5万亩，以蔬菜种植业和奶牛养殖业为主导产业，下辖2个自然村、2个养殖园区，共有水浇地2240亩，其中园区水浇地850亩，周边草场5800亩。

为了把黄花滩新村打造成为“宜居宜业宜游”，集观光、休闲、度假、旅游等为一体的美丽乡村，百灵庙镇党委、政府把改善民生作为工作重点，多方筹措资金，大力实施以“硬化、亮化、绿化、美化”为主要内容的民生工程，人居环境得到了显著改善，村民的幸福指数大大提高。

为了进一步拓宽增收渠道，镇党委、政府坚持“产村融合”的发展思路，先后两次带领村党支部、合作社等一班人马赴武汉、赤峰、承德等地考察学习北虫草种植技术，并于2014年5月多方筹措资金200多万元，打造了黄花滩新村北虫草种植基地。在新村试种花菇菌棒3000个，生产花菇400公斤。投资90余万元，建设香菇等食用菌种植大棚15个，占地5250平方米，打造食用菌种植基地。2016年引导村民试种油用牡丹，牡丹在结籽的同时，还能生产丹皮。如果对牡丹花蕊再加以利用，生产牡丹茶和其他保健食品，一亩牡丹的经济效益远远高于大豆和其他经济作物，产值可达1万多元。与此同时，黄花滩新村开展以田园风光

社区服务中心

和农家情趣为特色的新兴旅游产业。黄花滩新村围绕自然资源及生态风光、乡土民俗文化、乡镇人文资源、乡风民居和农事活动，因地制宜，突出特色，实现由传统单一服务型旅游向品尝型、观光型、购物型、休闲型、体验型农家乐的转变，对镇区小型民族服装和手工艺品制造、民族食品加工等个体工商户进行资源整合，依托牧民创业基地打造民族特色一条街。黄花滩新村新兴产业的发展使村容村貌日新月异，不仅带动了村民致富，还为建设新村提供了纽带，增添了活力与保障。

近几年，黄花滩新村紧跟旗委、旗政府文化旅游融合发展的政策引导，以中国游牧文化旅游节为平台，依托自身区位优势，积极引导和支持村民发展具有本地特色的“农家乐”旅游。通过打造特色客房、餐厅，举办篝火晚会等，吸引游客体验游牧文化、农耕文化和农家乐休闲娱乐项目，并建设家庭采摘园，打造良好的生态农业环境

种植花卉致富的村民

和旅游观光项目，充分发挥地方文化特色，使游牧文化得以传承和保护。按照“小村庄也办大文化”的思路，组建秧歌队、二人台队等文艺演出团体，利用春节、五一等节假日开展群众喜闻乐见的文体活动，丰富村民的业余文化生活，群众参与率达 90% 以上，极大地满足了群众精神文化需求。

村民们在扭秧歌

乡村大舞台

“绿树村边合，青山郭外斜。”一幅诗意栖居的生态画卷正在眼前徐徐展开，不断绘就新的篇章，勤劳的黄花滩新村人民通过实践充分诠释了黄花滩智慧。一步一个脚印走，一锤接着一锤敲，一年接着一年干，一代人接着一代人干，逐步推进乡村振兴行稳致远。

乌兰毛都苏木勿布林嘎查：决胜贫困呈壮举，征衣不解再扬鞭

走进乌兰毛都苏木勿布林嘎查，田间留下一双双艰辛奋斗的清晰足迹，洒落的滴滴汗水幸福而甘甜。展开眼前这幅恢宏磅礴的画卷，每一处着墨都令人欢欣鼓舞。一片片生机勃勃的沃野良田叠翠流金，一个个迸发希望的特色产业蓬勃壮大，一座座安宁整洁的美丽村落串点成线，将这片大美土地雕琢得格外迷人。

乌兰毛都苏木

科右前旗乌兰毛都苏木勿布林嘎查是中央牧区固定观察点，位于科尔沁右翼前旗西北部，距旗政府所在地科尔沁镇 110 千米，西与锡林郭勒盟东乌珠穆沁旗和本盟科尔沁右翼中旗接壤，南与本旗桃合木苏木、阿力得尔苏木毗邻，东部和

财务核算和公共服务中心

民俗馆

北部与本旗满族屯满族乡相连。

2015 年至今，在乌—阿省道西侧建设了 530 平方米的综合体一座（包括文体活动室、议事场所、党员活动室、阅览室）及 4000 平方米的文化广场一处。院内还有一处 150 平方米的牧民小舞台，健身器材完善，院墙上是独具中华民族特色的绘画和社会主义核心价值观的宣传标语。在文化广场上经常开展丰富多彩的独具地方特色的群众文化活动。勿布林嘎查及勿布林社区的有线电视网已经全部安装完毕，广播电视“村村通”和“户户通”工程的覆盖率达到 100%。勿布林嘎查以牧业生产为主导产业，在有关政策的倡导下，农牧民积极主动地将“小畜变大畜、劣畜变优畜”。

勿布林嘎查属于内蒙古东部革命老区，是少数民族地区民主改革试点，也是

搏克

制作奶食品

成功实践“三不两利”政策的见证地。作为原扎萨克图努图克人聚居的地区，勿布林嘎查的非物质文化遗产资源非常丰富，有两项已被列入自治区级非物质文化遗产项目名录，分别为蒙古族刺绣和科尔沁长调民歌。扎萨克图服饰以其精湛的工艺、绚丽的彩色及端庄实用的款式成为科尔沁民族服饰中的一枝独秀。勿布林嘎查依然保留着扎萨克图蒙古族的饮食文化。扎萨克图蒙古族的食物分为红食、白食和粮食。红食亦称肉食，包括烤全羊、手把肉、牛羊肉干等；白食亦称奶食，是以牛奶为原料制作而成的，包括奶皮子、

乌兰毛都那达慕大会

萨日朗巾帼民族手工艺品专业合作社

乌日莫等；粮食主要包括炒米、果条等。勿布林嘎查每年都会开展蒙古族传统游艺与现代旅游结合的那达慕大会，除了有蒙古族传统男儿三艺，即摔跤、赛马和射箭，还有蒙古棋、布鲁、吉日格等，引来很多游客观看。

民族工作是党的工作的一个重要组成部分，关系到国家的兴衰和民族的团结，关系到推进社会主义物质文明和精神文明建设。勿布林嘎查“两委”，高度重视民族工作，为开展各项工作奠定扎实的基础。“两委”充分利用群众大会、村民

射箭比赛

代表会议等时机，开展法律宣传、基层大讲堂等活动，大力宣传党的民族理论和民族政策。勿布林嘎查历届“两委”先后获得过很多荣誉，其中有代表性的包括：获1991年自治区拥军优属先进集体称号，获1999年旗民族团结先进集体称号；2007年被旗委、旗政府确定为全旗50强嘎查，2009年被盟委评定为“五个好”党支部，2010年被评为全盟民族团结进步先进集体等。

勿布林嘎查注重加强“两委”班子建设，班子成员团结一致，很好地完成了

勿布林嘎查美景如画

牧民爱马、聊马

上级部门交代的各项工作，得到苏木政府的认可。各项制度建立健全，坚持做到大事必须在村民代表、党员代表和广大农牧民的监督和认可下执行，每季度进行一次财务公开活动。近年来，勿布林嘎查在“两委”班子和广大农牧民的共同努力下取得了好成绩，多次荣获旗级以上的表彰。

“民为邦本，本固邦宁”。顺应“天时”之利，巧借“地利”之便，筑牢“人和”之基，勿布林嘎查将在新起点乘势而上，继续谱写乡村振兴新篇章。

哈拉沁村：民族团结办实事，凝神聚力奔小康

走在白墙绿瓦、绿树成荫的哈拉沁村，美丽而蓬勃的乡村景象便映入眼帘。一步一个脚印、一棒接着一棒往前走，哈拉沁村不断巩固农业农村发展的大好势头，让广袤乡村在新征程上焕发出新的生机和活力。

哈拉沁村主街

2017 年 3 月，内蒙古自治区兴安盟突泉县永安镇哈拉沁村被国家民委命名为中国少数民族特色村寨。该村辖 4 个自然屯、8 个村民小组，共有 782 户 2035 人，其中少数民族人口 1139 人，占人口总数的 56%。哈拉沁特色村寨以其地方特色受到社会各界的关注，积极落实习近平总书记“守望相助，打造祖国北疆亮丽风景线”的时代要求，牢牢把握新时期“各民族共同团结奋斗、共同繁荣发展”的

主题，扎实推进民族团结进步创建工作。

民族手工艺品培训

自2014年开始，哈拉沁村倾力打造以蒙古族民俗为主的哈拉沁少数民族特色村寨，在保留原汁原味的民俗风情的基础上，取其精华，多方位、多视角发展经济。从完善基础设施、推动民族团结、加强党的组织建设、发挥典型带动作用、积聚力量脱贫攻坚等方面促进民族团结事业蒸蒸日上，经济建设稳步发展。

为了满足广大村民对社会服务和精神文化的需要，哈拉沁村积极发展文化、体育、卫生、幼教、服务业，增强村域社会服务功能，促进物质文明和精神文明协调发展，美丽乡村建设取得实质性的成果。发展文化基础设施建设，积极开展群众性文娱、体育活动，注重改善民生。哈拉沁民族幼儿园总面积900平方米，运动场地480平方米，绿化面积900多平方米，幼儿园活动器具齐备。文化活动广场总面积10000平方米，配备专门的健身设备和塑胶篮球场、草坪式门球场、村级文化大舞台，是良好的村级文化活动场地。村级综合办公楼总建筑面积756平方米，配备便民服务厅、综合办公室、村史馆、棋牌室、活动室、卫生室等。

村民活动

盟县领导视察福希望小学

开展对外合作方面，内蒙古三阳牧业有限公司于2015年11月入驻哈拉沁村，投资7500万元，建设园区300亩。2016年12月，哈拉沁村与三阳牧业成立联合党总支，共有55名党员。党总支认真落实“三会一课”制度，结合“两学一做”学习教育，深入学习贯彻十八届六中全会和自治区第十次党代会精神，不断提高

采摘节

党组织的凝聚力、战斗力，发挥党员示范带动作用。扎实开展镇村干部、第一书记驻组联户扶贫工作，不断提高贫困户自身“造血”能力，严格按“清单”落实责任，建立大数据平台扶贫，实现“一户一本台账、一户一个脱贫计划、一人一个帮扶措施”。在自治区水利厅的帮扶下，自治区民委投资40万元，与内蒙古三阳牧业有限公司签订33户贫困户“铁羊”帮扶计划，实现了政府、帮扶单位和企业的有效对接，为贫困户尽早脱贫奠定了坚实基础。积极探索贫困户为企业

哈拉沁少数民族特色村寨扶贫产业肉羊养殖

担保模式，哈拉沁村11户贫困户为内蒙古宝润红酒有限公司提供担保贷款33万元，每年为贫困户

分红 0.3 万元，解决了贫困户增收难的问题。

火红的日子

金秋时节

哈拉沁特色村寨成为民族团结、脱贫攻坚、村集体经济发展的典型，成为镇内、县内乃至全盟学习的标杆，在不断完善自身的同时也带动周边各族人民团结一心奔小康。如今的哈拉沁村，道路宽敞，红墙青瓦，一座座颇具特色的民居错落有致，田间地头的村民个个精神奕奕、干劲十足，整个村庄家庭和睦、邻里团结，处处传唱着“平等、团结、互助、和谐”的时代音符。哈拉沁村呈现出一派欣欣向荣的景象，走出了一条脱贫攻坚与民族团结双融合、双促进的跨越发展之路。

天吉泰村：让传统文化再现芳华

走进内蒙古自治区巴彦淖尔市五原县天吉泰镇天吉泰村，一幢醒目的建筑映入眼帘：带有蒙古族建筑特色的穹顶，绘制着蒙古族祥云图案的外墙。走进去更是别有洞天，综合活动室、民族文化展示厅、草原书屋、民族大讲堂等功能区分布其中。“这是天吉泰村党群服务中心，占地面积有4620平方米。”天吉泰镇党委副书记、镇长张翼飞介绍道，“我们镇重点建设镇、村两级党群服务中心，主要是为了给群众提供更便捷的服务，同时打造民族特色村寨。”

民族文化活动中心

天吉泰镇地处河套平原腹地，位于五原县西南部。这个镶嵌在黄河“几”字弯上的小镇环境安静秀美，地理位置优越。截至2018年末，天吉泰镇户籍人口14598人。近几年，天吉泰镇创新基层治理模式，努力打造善治引领、乡风文明、村民富裕的美丽乡村，成功入选由中央农办、农业农村部等6部门共同认定的第二批全国乡村治理示范乡镇。2017年，经专家评审报国家民委委务会议批准，天吉泰镇被命名为第二批中国少数民族特色村寨，并予以挂牌。

村卫生院

近年来，镇政府围绕新农村建设，充分挖掘该村传统文化内涵，把少数民族特色村寨保护发展与旧村改造相结合，在天吉泰村四社、七社成立了以早熟梨为主的采摘园，采摘园共有盛果期经济林60亩，由天吉泰村党总支牵头成立了绿丰经济林农民专业合作社，共吸纳周边23户果树种植户成为会员，种植品种以早熟梨为主，搭配部分小杂果，成为生态旅游的一大亮点。利用四社、七社濒临黄河的独特地理位置，大力发展农家乐。镇政府还在四社、七社开展“干净人家”“精巴媳妇”、巾帼志愿服务队等活动，鼓励村民大力发展农家乐以及特色餐饮、住宿等，努力打造黄河风情旅游接待村。巴彦淖尔市飞机场坐落在天吉泰镇区，距离天吉泰村牧业社3公里左右，天吉泰镇充分利用其交通便利的优势，大力发展以蒙古族、回族为主的少数民族特色餐饮服务业，获得“东有白彦花，西有天吉泰”的美誉。

蒙古族服装服饰大赛

全镇在各村民小组全面推行以网格化为架构、“微治理”为手段的基层治理模式，通过组建“微组织”、推行“微教育”、开展“微服务”、实行“微管理”、强化“微监督”的“五微”

收葫芦

模式，推动重心下移、服务下沉，着力打造充满活力、和谐有序的善治乡村，探索出“党建引领、网格治理、党群互动、便捷高效”的乡村治理新路，村民的参与感和获得感不断提升。自治、法治、德治“三治结合”的乡村治理理念，已经在镇里落地生根、开花结果。

在镇党委领导下，全镇努力调整产业结构，让农民腰包鼓起来；唤醒沉睡资源，让集体经济富起来；厚植绿色发展根基，让乡村美起来。美丽的乡村与独特的传统文化吸引着越来越多的外地游客。2020 年以来，全镇将地方特色产业发展与本土资源优势相结合，大力发展乡村旅游业。

秉持“绿水青山就是金山银山”的发展理念，天吉泰镇天吉泰村统筹推进山水林田湖草沙综合治理。结合村民小组“微治理”，充分发挥群众主体作用，全面彻底清除暴露垃圾，禁止乱堆乱放，切实做好农村环境卫生整治。完成重点线路、

民歌比赛

园区的绿化美化和村庄的美丽庭院建设，鼓励发展庭院经济。提升乡村“外在美”，更不能忘了“内在美”，依托村民活动广场、农耕苑等休闲文化场所，全镇经常举办各类文化活动，丰富村民的精神生活。

载歌载舞庆佳节

天降吉祥，国泰民安。五原县天吉泰镇天吉泰村必定在党的带领下大力发展少数民族特色村寨，在乡村振兴的步伐中谱写新篇章。

三合村：播种乡村振兴新希望

初秋时节即将到来，阿木古郎河、归流河、洮儿河三河流经的三合村即将迎来万亩水稻的丰收，村民们行走在干净整洁的村路上，脸上洋溢着幸福的笑容。

三合村位于内蒙古兴安盟乌兰浩特市东南郊洮儿河西岸，距乌兰浩特市 6 千米。全村土地面积 15000 亩，耕地面积近 10000 亩，户数 528 户，人口总数 1547 人。三合村位于 302 国道旁边，入口位置的一扇具有朝鲜族特色的形象门是三合村的重要标识，上面用汉、朝两种文字书写着“三合村朝鲜族特色村寨”。进入三合村，一条新修建的长达 1500 米的柏油马路映入眼帘，马路两侧是用彩砖铺就而成的人

三合村鸟瞰

行道和整齐的太阳能路灯，路的东侧是一条清澈的水渠。中心屯205户农民的房屋、院墙、大门等按照朝鲜族的特色进行了统一改造，风格清新质朴。新建的200平方米的演艺大厅、文化长廊、特色餐饮场所等按规划有序布局，真可谓人在景中，景在画中。

三合村朝鲜族民俗馆

为了改善村寨生产生活条件，大力发展特色产业，重点推进民居保护与建设，加强传统文化保护、传承和开展民族团结进步创建工作，三合村依托朝鲜族民俗特色，坚持优先发展经济。首先，深入发展水稻种植产业。三合村拥有70多年的水稻栽培历史，2009年村班子成员外出考察学习，通过引进优良稻种和先进的田间管理技术，提高了三合水稻种植的技术含量。2010年，三合村的水稻亩产达到2000斤，突破了内蒙古自治区水稻单产记录。其次，大力发展稻田养殖鱼蟹。依托大面积种植水稻的优势资源，三合村大力发展稻田养鱼养蟹，稻田养鱼面积已达1000多亩，亩效益增加400多元。再次，建协会、创品牌。始

村民向游客介绍“兴安盟大米”

三合水稻种植

建于1990年的乌兰浩特市奔驰粮米加工厂已于2000年正式注册商标“草原三河”，并经中国绿色食品发展中心认证为A级绿色食品，其产品已远销全国各大城市。

为了进一步提高人民的生活水平，改善村寨条件，三合村加强了基础设施建设。一是提高村寨道路建设质量，重点抓好村寨与干线道路的公路连接和连户路的硬化工作。二是加强村寨饮水安全工程建设。三是结合新一轮农网改造工程，切实保障村寨生产生活用电。四是结合发展规划，统筹改善生产生活条件和旅游配套设施。五是开展人居环境整治。三

三合村粮田

合村按照大力推进生态文明建设的要求，着力推行农业清洁生产，积极引导发展循环农业，推广太阳能等清洁能源，以清洁能源开发利用带动改圈、改厨、改厕；积极开展村寨环境卫生综合整治，加快改善农村人居环境；

自动化麦收

开展村寨污水、垃圾集中处理；建立健全村寨设施管护、环境保洁、村庄绿化和村容村貌美化等方面的管理制度。

为了推动三合村朝鲜族特色村寨建设，三合村建设工程空间布局严格按照“四验、五点、六展”的布局实施。其中，“四验”即有机蔬菜体验、有机水稻体验、

袁隆平院士出席兴安盟袁隆平水稻院士专家工作站揭牌仪式

野外烧烤体验和农家乐体验；“五点”即以传统设施为主题设置的5处景观节点；“六展”即民俗展览区、民俗饮食区、传统工艺区、传统运动区、综合服务区及贵宾招待区。三合村坚持以特色民居改造为突破口加强村容村貌建设，以确保农民增收为目的培育特色产业，以保护少数民族传统文化为切入点推动传统文化传承和发展，以促进民族关系和谐为目标推进民族团结进步创建工作。通过深入调研、精心选点，科学规划、分类指导，彰显特色、打造亮点，加强资源协调、整合等措施加快试点村的发展。如今，三合村朝鲜族特色村寨的基础设施大为改善，村级经济较快发展，村民收入显著提高，文化活动丰富多彩，基层组织不断健全，民族关系日益和谐，有力地促进了经济建设、政治建设、文化建设、社会建设的全面进步。

朝鲜族刺绣

几十年来，为了夯实基础、凝聚民心，三合村历任党支部和村委会在市、镇两级党委的领导下，认真贯彻执行党的民族政策，牢固树立各民族谁也离不开谁的思想，不断加强对民族理论和实践的认识，切实把民族团结作为一项重要内容列入村规民约，强化对民族团结工作的领导。积极开展形式多样的群众性活动，大力宣传党的民族理论，加强民族团结，使得各民族团结奋斗、互帮互助的优良传统代代相传。各民族在饮食文化、生活习俗上不断融合，相互适应，像石榴籽一样紧紧地抱在一起，团结、友爱、互助之风越吹越强劲。

特色饮食文化

老年节活动

乡村振兴，产业兴旺是重点；乡村振兴，生态宜居是关键；乡村振兴，乡风文明是保障；乡村振兴，治理有效是基础；乡村振兴，生活富裕是根本。我们相信在党的政策引领下，通过自己的努力，三合村的环境会越来越美，村民的日子会越过越红火。

通古淖尔地区五嘎查：有“颜值”，更有“气质”

走进通古淖尔地区五嘎查，一条条村道整洁平坦，一幢幢新居宽敞明亮，一个个圈舍羊肥牛壮，一座座温棚生机盎然……

通古淖尔地区五嘎查位于内蒙古自治区阿拉善盟阿拉善左旗巴彦浩特镇区西南方向 27 千米处，属巴彦浩特镇管辖。这里是典型的中温带大陆气候，降水稀少，多集中在 5 月至 9 月。气候干燥，冬季寒冷而漫长，夏季炎热而短暂，年平均气温为 8.5 摄氏度。沙漠区域内地貌特征为湖泊、沙漠交错分布，西部和南部边缘

民族团结一家亲

民族一条街

为沙丘，高差 3~5 米。地下水属第三系承压水，含水层 5~94 米，浅水资源较丰富，水质良好。辖区总面积 3389 平方千米，总人口 420 户 921 人。

近年来，依托丰富的旅游资源，通古淖尔地区五嘎查农牧民积极参与牧家游、沙滩车、种养殖等旅游经营活动和规模农牧业生产。通古淖尔地区旅游业发展有效提升了嘎查经济积累，带动了农牧民增收致富。与此同时，不断完善的软硬件设施和日益丰富的文化活动不仅让这里的人居环境大大改善，更将现代文明的种子深深植入农牧民心中，一幅生产发展、生活富裕、村容整洁、乡风文明的社会主义新农村图景在通古淖尔地区五嘎查徐徐展开。

通古淖尔地区五嘎查于 2000 年并入巴彦浩特镇，为农牧结合地区，是自然形成的一个特色鲜明的村寨。2017 年，通古淖尔地区五嘎查被国家民委命名为第二批中国少数民族特色村寨。这里的部分农牧民散居在沙漠

英雄会商业街

越野e族阿拉善英雄会现场

和草原腹地，有勒勒车和养殖棚圈，一般是50户农牧民集中居住。这里整齐划一的农牧民养殖一体化特色移民新村，展现了独有的蒙古族人家特色，少数民族风情浓郁，传统文化保护价值较高。自2011年起，通古淖尔地区成功举办了第六届、第七届、第八届和第九届阿拉善越野e族英雄会。依托丰富的旅游资源，五嘎查农牧民还参与了牧家游、沙滩车等旅游经营活动。据初步统计，通古淖尔地区旅游业带动参与旅游经营的农牧民人均年增收近5000元。在种植业领域，该地区成功申请“一事一议”财政奖补，建设100座日光温室，为弥补大田蔬菜种植的季节限制和农牧民增收起到了重要作用。通古淖尔地区五嘎查拥有农业合作社3个。在养殖业方面，该地区从事舍饲养殖50户，养殖小畜3000只，散养鸡养殖户2户。

这些方面的不断发展使得当地的经济产量得到大幅提升。

额吉合唱团

与此同时，通古淖尔地区五嘎查格外重视精神文明的建设，以星级文明示范户创建为抓手，每年开展一次星级文明户评选活动，鼓励大家积极参与，形成创“星”的广泛共识和争“星”的浓厚氛围。依托草原书屋、农牧区电影放映工程、乡村小舞台等载体，不断丰富嘎查群众的精神文化生活，提升其文明素养。该地区先后被列为全区首批新农村新牧区示范点、全区创建“北疆文明大通道”文明生态村建设试点，并荣获全国第三批文明村镇、全国民主法治示范村等称号。

党的十九大以来，通古淖尔地区五嘎查把大力发展特色产业作为物质文明创建的支撑点，合理调整产业结构，着力培育节水高效绿色农牧业、节能环保型工业、沙产业、旅游业等，形成独具特色的农牧业发展新格局。

手工艺人

以文明化人，以文明养德。通古淖尔地区五嘎查每年组织嘎查（村）评选“道德模范”“社会治理先进集体”“十星级文明户”“最美家庭”等，评先进、

祈福

集体拜年

树典型、促民风。全镇所有嘎查制定村规民约，并将德治教育融入村规民约、家规家训中，在嘎查（村）形成“学先进赶先进当先进”的浓厚氛围，弘扬见贤思齐、崇德向善的文明乡风。通过文明村镇创建，通古淖尔地区五嘎查将不断提升农牧区群众的生活质量和文明素质，让广大农牧民群众更加深刻地体会到文明村镇带来的实惠，不断提升获得感和幸福感。